Ute-Christine Krupp

Punktlandung

Ute-Christine Krupp

Punktlandung

Roman

WALLSTEIN VERLAG

Das deutsche Parlament in die Luft sprengen?

Paul Jost bewegt sich vorbei an parkenden Polizeiautos, zügig läuft er übers Kopfsteinpflaster. Ein Junimorgen. Laut. Ungewöhnlich hell. Er nimmt den Seiteneingang ins Ministerium. Bereits in den Morgenstunden hat ihn eine SMS erreicht. Auch der Minister wird um fünf diese Nachricht erhalten haben. Im schlimmsten Fall tagt heute der Krisenstab. Er greift in die rechte Tasche seines Anzugs, zieht das Diensthandy hervor: ein Anruf aus dem Bundeskriminalamt.

Seine Schritte werden etwas schneller, das Handy hält er am Ohr: Er hört die schnoddrige Morgenstimme des Mitarbeiters aus dem BKA, dessen atemlose Sätze, eine Stimme, die während des Sprechens ruhiger wird – bemüht, die Informationen sachlich darzustellen.

Paul Jost klickt das Gespräch weg, er lässt sein Handy ins Jackett zurücksacken, sucht den Dienstausweis. Umständlich öffnet er die Glastür mit dem Bundesadler. Auffallend viele Polizisten in blauer Uniform im Eingangsbereich. Zügig bewegt er sich an ihnen vorbei. Die schmalen Türen des Aufzugs sind Spiegelflächen. Kurz nutzt er sie, um sich zu vergewissern, dass die Krawatte richtig sitzt, rückt diese zurecht, streicht mit den Fingerkuppen über den weißen Kragen, dann durch sein dichtes graues Haar. Eine grüne Krawatte mit blauen Karos. Er bevorzugt mehrfarbige, wichtig scheint ihm, dass eine der Farben der Krawatte mit der des Anzugs übereinstimmt.

Mit einem großen Schritt betritt er den Aufzug, drückt die Sieben: Abteilung Öffentliche Sicherheit. Die Aufzugtüren klappen auf. Er sieht den schmalen Flur, die Tür seines Büros. Die steht offen. Er nähert sich. Rückt noch einmal die Krawatte zurecht. Wie in Zeitlupe schiebt er die Tür ganz auf – blickt in das Gesicht seines Chefs: große blaue Augen, die stillstehen, eine Sekunde lang, zwei, drei – dann sagt Giese: Wir sind in Alarmbereitschaft.

Paul Jost fallen die Türme des World Trade Centers ein, die Fernsehbilder mit den einstürzenden Türmen. Wie oft habe ich in den letzten zehn Jahren diese Bilder gesehen?, denkt er, wie oft sprachen wir in der Abteilung darüber, dass damit eine komplett neue Dimension der Kriegsführung erreicht sei, die permanent weiterentwickelt werde. Aber davon redet sein Chef in diesem Moment nicht. Sie mustern sich. Anzug mit Weste. Wie aus der Mottenkiste vergangener Jahrhunderte. Dabei ist sein Chef gerade mal Ende vierzig, kaum älter als er.

Sie haben die Nachricht gehört, sagt Giese mit strenger Stimme, er legt Wert darauf, den Hierarchieunterschied zum Ausdruck zu bringen, dreht sein schmales gebräuntes Gesicht zu Paul Jost: Ab sofort werden Sie bei der Fahndung nach Terroristen eingesetzt! Der Termin für die erste Konferenz im Kanzleramt ist um zehn Uhr! Wir rechnen mit einem Anschlag in den nächsten Tagen! Es gibt bereits Informationen über den Mann, der sich beim Bundeskriminalamt gemeldet hat und behauptet, das Parlament sei Ziel eines Anschlags. Um vierzehn Uhr tagt sehr wahrscheinlich ein Krisenstab hier im Haus!

Giese dreht sich weg, zieht die Tür von außen zu, lugt noch einmal mit starrem Gesichtsausdruck ins Büro und sagt mit lauter Stimme: Setzen Sie sich mit dem Staatssekretär in Verbindung!

Paul Jost lässt sich auf seinen Schreibtischstuhl fallen, hebt die Hände, faltet sie am Hinterkopf. Schleudersitz, denkt er. Die Freiheit stirbt zentimeterweise. Für Sekunden ist es ganz still. Zwanzig Quadratmeter. Das halbe Leben verbringe ich hier. Neondeckenlicht. Blauer Teppich. Grauer Aktenschrank. Der Teppichboden müsste mal gereinigt werden. Sein Blick irrt über den langen Schreibtisch: Artikel und Akten. Welche jungen Leute neigen besonders dazu, sich zu radikalisieren, in ein Terrorcamp zu ziehen? Er schiebt Protokolle und Auswertungen mit einer fahrigen Bewegung zur Seite. Dafür wird in den nächsten Tagen nicht viel Zeit sein. Er setzt sich aufrecht hin, atmet einmal tief durch und schaltet den Computer an. Zuständig ist er bisher für die Erarbeitung von Aussteigerprogrammen im Bereich Islamismus und für die Vorbereitung von Entscheidungen der G10-Kommission, die einmal im Monat hinter schusssicheren Scheiben tagt und festlegt, wer in welchem Umfang abgehört und wessen Mails mitgelesen werden. Er prüft vorab die Anträge nach juristischen Kriterien. Wenn sich die Hinweise von heute Morgen verdichten, die Gefahr sich weiter konkretisiert, wird er zum ersten Mal an einem Krisenstab teilnehmen. Manchmal wird es dann Schlag auf Schlag gehen, er im Stressmodus arbeiten, manchmal wird es Ermittlungspausen geben. Sein Ziel ist es, bald auf derselben Ebene wie Giese zu arbeiten, vom siebten in den achten Stock zu wechseln. Er weiß: Der Krisenstab wird eine Art Bewährungsprobe für seinen beruflichen Aufstieg sein. Zusammen mit Kollegen aus dem

Haus, dem Bundeskriminalamt und dem Kanzleramt wird er die Spuren der Islamisten verfolgen. Seine Aufgabe wird darin bestehen, Telefonate abhören zu lassen, Mails mitzulesen, möglicherweise Wohnungsdurchsuchungen anzuordnen. Er blickt kurz zu dem kleinen Tisch in der Ecke, dem schwarzen Stuhl dahinter, der eigentlich nur unnütz herumsteht. Dann öffnet er die schmalen Schubladen seines Schreibtisches. Hinter ihm unzählige Mineralwasserflaschen. Auf einem der Regale weiße Tassen und große Limonadengläser. Sein Blick streift die Wände: Deutschlandkarte, Europakarte, Weltkarte. Er nimmt den Schlüssel zum Tresorschrank aus einer der Schubladen. Im Kopf das letzte Gespräch in Köln beim Bundesverfassungsschutz. Können wir ganz sicher sein, dass unsere Übersetzer die abgehörten Telefonate potentieller Terroristen exakt übersetzen? Dass da keine Sympathien mit Landsleuten im Spiel sind? Kaum vorzustellen, welche Fehlentscheidungen falsch übersetzte abgehörte Telefonate bewirken könnten. *Abhörskandal – mitgeschnittene Telefonate falsch übersetzt.* So oder so ähnlich würde die Schlagzeile lauten. Man wird in den Mittelpunkt des Medieninteresses rücken.

Seine ersten laut gesprochenen Sätze am Morgen wirken belegt, leise. Deshalb hat er eben, als sein Chef mit ihm sprach, nur genickt, war froh, dass dem ein standhafter Blick, ein Nicken genügten. Es ist das erste Mal, seit er in der Abteilung Öffentliche Sicherheit arbeitet, dass ein Terroranschlag so konkret angekündigt ist.

Sein Vater fällt ihm ein. Vor einigen Jahren hat er sich einmal mit ihm über Anschläge unterhalten. Zwischen den Sätzen des Vaters herrschte immer wieder Stille am Tisch. Der Vater mit verschränkten Armen. Was hat er gegen mich? Das fragte sich Paul Jost unter der Stuckdecke, im dezenten Licht der weißen Lampen. Die Mutter stand in der Küche, bereitete eine Karamellcreme zu. Bonn-Poppelsdorf. Schon als Student war er froh, in einem anderen Stadtteil zu wohnen, weg von den Gründerzeitbauten, den überzuckerten Fassaden, dem übermächtigen Stuck. Er sah seinen Vater an, den Lockenkopf, die übernächtigte Augenpartie. Mit einer flüchtigen Bewegung strich der über das weiße Tischtuch und murrte dann: Du machst so wenig aus allem. Es klang gar nicht wie ein Vorwurf. Nein, eher wie eine Feststellung. Gymnasium. Jurastudium. Staatsanwalt. Und jetzt ein Verwaltungsjob. Nur ein Verwaltungsjob, wollte der Vater wahrscheinlich sagen, aber er blieb zurückhaltend an jenem Abend. Paul Jost fiel die Website seines Vaters ein. In der Mitte eine Figur mit dunklem Hemd, schwarzer Hose und Turnschuhen. Darüber Wörter wie: Regierungsbaumeister, Architekt, Bauherr. Darunter eine Aufzählung der Gebäude, die sein Vater hatte bauen lassen, Städtenamen schwebten über die Seite. Mein Vater hat mich nie ernst genommen, dachte er und fragte sich, was er tun könnte, um das zu ändern? Er erinnerte dessen abfällige Bemerkungen in der Zeit nach dem Abitur, als er zwei Semester Philosophie studiert hatte und malte. Was soll das denn werden? Eine kleine Wohnung mit undichtem Dach, du am Schreibtisch mit Regenschirm? Soll so dein Leben aussehen? Paul Jost hatte entgegnet: Ich will ganz anders leben als du. Er dachte an einen Zeitungsartikel, den er kurz zuvor gelesen hatte: Typisch für das untergehende Bürgertum und die Generation, die in der alten Bundesrepublik gut klarkam, ist, dass die nachfolgende Generation den sozialen Status nicht halten kann. Eigentumswohnung. Großes Auto.

Ferienhaus in Südeuropa. Ich kann nicht mithalten, bin eine Zumutung für ihn. Mein Vater hat einen Sohn, der in einem Verwaltungsjob versauert, zur Miete wohnt, mit dem Fahrrad zur Arbeit fährt. Du übernimmst keine Verantwortung, triffst keine Entscheidungen, präzisierte der Vater seine Vorwürfe. Die Mutter platzierte in diesem Moment drei kleine weiße Schalen mit Karamellcreme auf dem Tisch, setzte sich dazu.

Seine Sekretärin steht in der Tür, huscht ins Büro. Blonde, zurückgesteckte Haare, sehr freundlich, nie hat er sie anders erlebt. Wenn sie ihn aufheitern will, nennt sie seinen Aktenschrank Kühlschrank. Akten befinden sich darin mit den Namen derer, die als Gefährder eingestuft sind. Wenn sie um Punkt sechzehn Uhr ihren Kugelschreiber fallen lässt und ahnt, dass er noch bis in die Abendstunden in der Behörde weiterarbeiten wird, sagt sie gelegentlich den Satz: Vergessen Sie nachher nicht, den Kühlschrank zu schließen.

Zaghaft stellt sie die kleine Tasse ab, die blaue Thermoskanne mit Kaffee, huscht aus seinem Büro. Ich drücke Ihnen die Daumen, murmelt sie.

Danke, antwortet er lakonisch.

Er hat noch die Stimme des Mitarbeiters aus dem Bundeskriminalamt von eben im Ohr. Ein Aussteiger, ausgebildet in einem Terrorcamp, behauptet, er wolle raus aus dem Netzwerk von al-Qaida und brauche dafür die Hilfe der deutschen Behörden. Er verspricht im Gegenzug, genaue Informationen über geplante Anschläge in Deutschland zu geben und nennt den Reichstag als ein mögliches Ziel. Man stehe kurz vor der Ausführung.

Paul Jost klemmt seine Aktentasche unter den Arm, verlässt das Gebäude. Es gefällt ihm: die Hufeisenform, helle Außenplatten und viele Fenster mit dunklen Rahmen. Alt-Moabit, ein Stadtteil mit zahlreichen Brücken, mit Häusern im Stil der Gründerzeit und dem größten Kriminalgericht Europas. Fünfundneunzig Prozent aller Deutschen hätten gerne so einen Job wie Sie, hat ihm der Personalchef vor ein paar Monaten versichert und auf die Schulter geklopft. Paul Jost bewegt sich mit flinken Schritten in Richtung Helgoländer Ufer, an der Moabiter Brücke vorbei – Wind peitscht ihm ins Gesicht. Er blickt zur Spree, weiß, dass die Akte, die er sich nach der kurzen Konferenz geben lassen wird, nur erste wichtige Erkenntnisse über den Aussteiger enthalten wird, dieser Mann war zuvor als Kleinkrimineller aufgefallen. Ruhe bewahren, flüstert er vor sich hin und bewegt sich durch einen Park in Richtung Kanzleramt. Lassen Sie sich die Akte komplett geben, hat Giese gesagt. Eigentlich möchte Paul Jost nächste Woche Donnerstag und Freitag zwei Tage Urlaub nehmen, um seine Wohnung fertig einzurichten, die letzten Umzugskisten endlich auszuräumen. Sein Chef würde ausflippen, Geschichten erfinden, sich ausmalen, genau an einem jener Tage würde der Anschlag passieren, irgendwo in Berlin oder einer anderen Großstadt: Kommt nicht in Frage, würde er antworten. Wir brauchen jeden in dieser Abteilung. Sie kennen doch die Reaktionen der Bevölkerung. Keiner möchte abgehört oder überwacht werden, wenn aber ein Anschlag passiert, ist eine der ersten Fragen: Wieso hat man ihn nicht verhindert? Bei der Terrorfahndung geht es darum, vor einer Tat zu ermitteln. Maßnahmen wie das Abhören von Telefonaten sind einfach unerlässlich.

Das Kanzleramt – zu pompös, findet er. Die Mauern – zu wuchtig. Er sieht, auf der Brücke angekommen, durch die großen Fenster hindurch in den hohen Innenraum. Den Mitarbeiter für Terrorismus kennt er bereits. Auffallende Nase, harter Händedruck zur Begrüßung.

Alle im Raum sind angespannt, die Konferenz kurz und sachlich. Der Mitarbeiter des Kanzleramtes reicht ihm nach dem Gespräch die Akte. Vorsichtig steckt Paul Jost alles in seine dunkle Tasche, erhebt sich, mit einem Handschlag verabschiedet er sich.

Wieso gibst du zuerst den Teebeutel in die Tasse? Danach erst das Wasser dazu? Genau umgekehrt macht man das, hat Gesine ihn einmal angeschnauzt. Sie stritten am Ende über alles, wegen jeder Kleinigkeit – und trotzdem denkt er manchmal für Augenblicke: Ich wäre gerne mit ihr zusammengeblieben, in diesem Leben zwischen den festen Punkten: gemeinsame Wohnung, Ministerium, Schule, Fitnessstudio, Schwiegereltern oder Museen am Sonntag. Jetzt gibt es diese Koordinaten nicht mehr, nur eine halb eingerichtete Wohnung und ein Leben, das neu zu organisieren ist. Ein Krümel fliegt vor ihm auf, streift den Gehweg, taumelt in der Luft. So fühlt er sich für einen Moment, so taumelnd, in der Luft schwebend.

Der Konferenzraum im Ministerium: rechteckig, blaugrauer Teppich. Manchmal schmatzen die Schritte, wenn man darüber läuft. Er setzt sich auf einen der noch freien Stühle. Türkis. Ungewöhnlich für Stühle in einem solchen Raum, findet er. Auf dem langen ovalen Tisch stehen aufgeklappte Notebooks, er sieht, wie sich ein Kollege nervös durch einen Wust von Blättern arbeitet. Das Gespräch mit dem Personalchef fällt ihm ein, wenige Tage bevor er sich in die Abteilung Öffentliche Sicherheit versetzen ließ, mit der Vereinbarung, dass er, sollte Gefahr in Verzug sein, in den Krisenstab aufgenommen wird. Nehmen Sie diese Herausforderung an! Übernehmen Sie Verantwortung! Wirken Sie mit bei den wichtigen Entscheidungen! Was würde sein Vater jetzt sagen? Vielleicht verschwände der leicht mürrische Ton. Möchtest du nicht etwas mehr machen? Er hat diesen Satz seines Vaters wie einen Ohrwurm im Kopf gespeichert. Das letzte gemeinsame Essen in der Bonner Wohnung ist zwei Jahre her. Nur an Weihnachten telefoniert man kurz, wünscht ein schönes Fest, klickt das Gespräch schnell wieder weg. Er weiß, wenn er sich bewährt in den nächsten Wochen, dann kann er eine andere Position innerhalb der Behörde erreichen. Halte durch, würde sein Vater jetzt sagen. Halte durch, sagte schon der Großvater. Der hatte im Schützengraben gekämpft. Es war sein markantester Satz. Ich bin nicht im Bodenkrieg, denkt Paul Jost, ich arbeite gegen Terroristen. An jenem Abend, mit dem Kopf über der Karamellcreme, hat er sich vorgenommen, mehr aus seinem beruflichen Leben zu machen. Damals ist er auch ins Arbeitszimmer der gemeinsamen Wohnung gezogen. Gesine begegnete er meistens im Flur oder beim Essen, sie sprachen nur noch das Nötigste. Er begann, mit Blick auf die große Terrasse, sich sein neues Tätigkeitsfeld zu erarbeiten. Auswertung der Internetpropaganda von Terroristen, Auswertung der Lebensläufe junger Gotteskrieger. Er beschrieb und analysierte die Seiten im Netz, sichtete Filme und Videos, in denen junge Männer in gebirgigen Landschaften zu Helden stilisiert werden, sich neue Namen geben, Bärte wachsen lassen, Kopfbedeckung tragen. Geröll unter den

Sohlen, schwere Gewehre geschultert. Ausgebildet zum Kampf gegen die Ungläubigen. Kein Krieg ohne Feinde, denkt er, kein Krieg ohne eine Definition, wer der Feind sei, Feinde sind aus Worten gemacht: Ungläubige. Ein einziges Wort, aus dem die terroristischen Handlungen abgeleitet werden. Ich werte virtuelle Anleitungen zum Terroranschlag aus, hat er einmal zu Gesine gesagt, von Schritt eins: Sport machen – bis zum letzten Schritt: Bombe als Drucker getarnt durch den Sicherheitscheck kriegen. Und jetzt: Log-out. Realität. Der Aussteiger, der seit Stunden immer wieder beim Bundeskriminalamt anruft, wurde vermutlich über eine dieser Seiten im Internet angeworben. Paul Jost sieht, wie der Konferenzraum sich füllt, es rascheln Blätter, leise Gespräche sind zu hören. Er lehnt sich zurück, sein Blick streift die Kollegen und die roten Zahlen der Uhren an der Wand, Uhrzeiten in San Francisco, New York, Moskau, Peking. Wo halten sich die potentiellen Terroristen auf, von denen der Aussteiger spricht? Vielleicht befinden sie sich gerade am Sicherheitscheck eines Flughafens, vielleicht im Baumarkt, um Bestandteile für den Bau einer Bombe zu kaufen. Ab jetzt findet die Kommunikation der Terroristen im Verborgenen statt, nicht mehr über die Chatrooms der einschlägigen Internetseiten, sondern über Telefonate oder SMS. Angespannt lehnt er sich zurück. Vierzehn Uhr. Punktlandung. Der Bundesinnenminister gleitet auf seinen Stuhl, sitzt in der Mitte des langen ovalen Tisches. Er hat das Wort, angespannte Ruhe im Raum.

Hören wir uns zuerst die gesamte Aussage des Aussteigers an, sagt der Minister, blickt auffordernd hinüber zu einem der Techniker. Der schaltet den Mitarbeiter aus dem Bundeskriminalamt zu, alle Anwesenden blicken gespannt auf dessen ernstes Gesicht an der Wand, machen sich Notizen.

Al-Qaida habe einen genauen Plan für Anschläge auf deutsche Einrichtungen. Im letzten Telefonat des Aussteigers vor zwei Stunden sagte dieser: Es geht nicht nur um einen symbolischen Ort wie das deutsche Parlament, es seien weitere Orte anvisiert, Anschläge in Menschenmassen. In Deutschland existiere eine Terrorzelle, die in den nächsten Tagen durch weitere Terroristen, die aus dem Ausland einreisen würden, erweitert werden solle. Der Aussteiger verfüge noch über weitere Informationen, er verlange von den deutschen Behörden, im Gegenzug für seine Informationen, Sicherheit für seine Familie, die soll nach Deutschland ausgeflogen werden. Außerdem fordere er Geld, hunderttausend Euro.

Hat er Namen genannt?, fragt der Minister.

Nein, antwortet der per Skype zugeschaltete Mitarbeiter des Bundeskriminalamtes.

Nannte er genaue Ziele, außer dem Reichstag?, fragt der Minister.

Nur gegen das Geld!

Paul Jost hört angespannt zu.

Wer ist dieser Anrufer?, der uns alle in Angst und Schrecken versetzt hat, fragt jemand.

Aus der Statistik weiß man, ein junger Mann zwischen zwanzig und dreißig, ohne Schulabschluss, mit existentiellen Krisen in seinem jungen Leben. Diese Kriterien stimmen fast immer, erzeugen allerdings nur ein Phantombild. Es handelt sich um einen jungen Mann, der in Deutschland aufwuchs und in eines der Ausbildungslager gezogen ist, sagt Paul Jost laut in die Runde hinein. Seine Stimme klingt etwas heller als gewöhnlich: Wir wissen im

Grunde gar nichts. Es gibt nur die Vermutung, er könnte im Ruhrgebiet aufgewachsen sein.

Die Kontrolle an den Flughäfen sollte verstärkt werden, sagt einer in die Runde. Möglicherweise sind einige Attentäter auf dem Weg in die Bundesrepublik. Wir brauchen einen genauen Gefahrenstufenplan.

Paul Jost fallen die Sätze seines Vorgängers ein. Der hat ihn kurz eingearbeitet. Damals, hat der gesagt, 2001, war Fliegen wie Busfahren, man stieg einfach ein. Nachdem wir die brennenden Türme im Fernsehen gesehen hatten, überlegten wir, das Bundesinnenministerium räumen zu lassen. Dann hob dieser Kollege die Hand: Das Gebäude, in dem wir arbeiten, hat auch zwei Türme. Es war ein sehr sachliches Gespräch.

Paul Jost sieht den Minister nicken, hört ihn sagen: Wichtig ist, dass wir uns ein genaues Bild der Lage verschaffen. Wer sind die potentiellen Attentäter? Wo halten sie sich auf? Welche Route werden diejenigen nehmen, die noch einreisen sollen? Zum Abschluss der Konferenz macht der Minister klar, dass er es diesmal für sinnvoll hält, die Bevölkerung zu warnen. Er rückt mit einer ungeschickten Bewegung seine Brille zurecht, wirft einen abschließenden Blick in die Runde.

Paul Jost läuft übers Treppenhaus hinunter in den siebten Stock, vorbei an weißen Wänden, an sauberem, hellem Weiß. Ihm ist klar, was in den nächsten Tagen auf ihn zukommen wird. Vielleicht werde ich irgendwann mit meinem Vater unter der üppigen Stuckdecke essen und mein Vater wird stolz auf mich sein. Vorsichtig gleitet seine Hand über das graue Geländer, seine Fingerkuppen streifen die Grifffläche. Ist der Anrufer wirklich ein

Insider? Hat er die Wahrheit gesagt? Was wäre, wenn er gelogen hätte? Darüber sprach keiner in der Konferenz eben. Mit einer schnellen Bewegung zieht er sein Smartphone aus der Aktentasche. Eine Nachricht. Von Esma? Aus Istanbul? Einen Moment lang hält er verblüfft die Luft an. Seit Jahren hat er nichts mehr von ihr gehört. Wie geht es dir? Irritiert lässt er das Gerät in die schwarze Aktentasche zurückgleiten.

Die *Tagesschau* läuft, er steht an einem der Fenster seines neuen Wohnzimmers. Erschöpft. Ein großer Raum mit ausgesuchten Lampen. Vor ihm die Spree. Ein Schiff. Ein einziges Schiffchen. Mit nur einem Passagier. Der ganze Aufwand für diese eine Person? Tilda hat eine Nachricht hinterlassen auf seinem AB. Werden wir doch wieder eine richtige Familie? Der Rasen vorm Haus, dann Parkstreifen, Holzbänke, die Spree. Sein Sohn Theo steht, wenn er da ist, gerne am Fenster, ihm gefallen die Schiffe, die man von hier aus beobachten kann. Ein Dauerläufer stapft mit weiten Schritten vorbei. Ihm fällt der Tag ein, an dem er zum ersten Mal an Scheidung gedacht hat. Der Rasierapparat glitt ihm damals aus der Hand, krachte auf den Boden. Alles kaputt? Er bückte sich danach, sah, wie Gesine die Badezimmertür öffnete, dabei anklopfte. Sie wollte mit Theo und Tilda zu ihren Eltern und er sollte mitkommen. Heute ist Sonntag, antwortete er, Ruhetag. Gerne wäre er an diesem Tag zu Hause geblieben. Sie schlug die Tür zu, er hörte, wie sich ihre Schritte im Treppenhaus entfernten, bückte sich nach den Einzelteilen seines Rasierers. Dann erblickte er im Spiegel sein grimmiges Gesicht, das helle Hemd und die beige Cordhose. Alle Haare grau. Der Gedanke, dass es vorbei sein könnte, streifte ihn, nicht gleich mit dem ganzen Leben, aber mit den besten Jahren. Ratlos schweifte sein Blick über die weißen Fliesen, den Wäschetrockner, der auf der Waschmaschine stand, platzsparend, hatte Gesine argumentiert. Eigentlich war das Bad zu klein für vier Personen. Eingezwängt fühlte er sich, zerrieben zwischen den Anforderungen der Arbeit, den Erwartungen der Familie und seiner Sehnsucht nach mehr Freiraum. Wie eingefroren war er sich vorgekommen. Wir gehören zu denen, die es geschafft haben. Gesines Motto. Geschafft war er abends, wenn er von der Arbeit kam und zu Hause weiter funktionieren sollte. Immer müsst ihr euch weiterbilden, coachen lassen, Seminare besuchen. Er hatte noch ihre Stimme vom Vorabend im Ohr, als sie sich aufregte, weil er in die Abteilung Öffentliche Sicherheit gewechselt war und deshalb viel zu tun hatte. Ich möchte mehr Verantwortung übernehmen. Sie hatte den Kopf weggedreht, als er das sagte, er dachte in diesem Moment an die Stuckdecke im Esszimmer seiner Eltern, dann wollte sie genau wissen, was er nun machte. Es gibt so viele junge Leute, die in islamistische Netzwerke hineingeraten, über Internetforen angeworben und die motiviert werden, in den Dschihad zu ziehen. Sie hatte genickt, für deine Kinder hast du übrigens auch Verantwortung, sagte sie und musterte ihn. Er hätte diesen Sonntag gerne zu Hause verbracht. Aber nein, sonntags gab es Programm. Entweder zu den Großeltern oder ins Museum. Was will eigentlich ich? Das fragte er sich in den Spiegel schauend. Wütend scharrte er die Einzelteile des Rasierapparates zusammen und legte diese auf den Wäschetrockner. Dann lief er die Treppe hinab, schnappte seine Jacke im Flur. Als er auf das Auto zulief, dachte er an die Hochzeitsreise nach Venedig, an die Zeit, als ihn mit Gesine die Neugier auf ein gemeinsames Leben verbunden hatte. Und jetzt? Er setzte sich auf den Beifahrersitz, schwieg, erinnerte sich an den Moment, in dem ihm zum ersten Mal aufgefallen war, wie ruppig sie sein konnte. Er hatte das Hotel in Venedig ausgesucht, ein Zimmer gebucht, an den Wänden Tapeten mit asiatischer Phantasielandschaft und im Raum verteilt mehrere Plüschsessel. Sie saß auf einem dieser roten Sessel und hatte gesagt: Ich bin nicht mehr verliebt in dich – und das ist gut so. Er hatte sie fassungslos angestarrt. Verliebt sein ist so anstrengend, hatte sie dann ausgeführt, man ist so leicht zu verletzen, es ist besser, nicht verliebt zu sein, der Kopf ist klarer. Ich freute mich schon immer, wenn dieser Anflug vorbei war. Er hatte genickt. Sie saß auf dem großen Sessel, hatte die langen Haare gekämmt und ihre Stimme hob erneut an. Sie erzählte von ihrer ersten eigenen Wohnung im Stadtteil Prenzlauer Berg, Anfang der neunziger Jahre, damals, als die Gegend noch nicht so hip war, sie wohnte in einem Ruinenhaus, Schliemannstraße, weit weg von den Straßen, in denen Sanierungen durchgeführt wurden, die Häuser danach weiß oder hellgelb erstrahlten. An den Wohnungstüren hingen Zettel von Leuten, die eine Nachricht hinterlassen hatten, es gab nur einen im ganzen Haus, der ein Telefon besaß. Wieso erzählst du mir das?, hatte er sie unterbrochen. Damals war alles kaputt und hier ist auch alles kaputt, hatte sie gesagt, und wieso hast du diese Stadt für die Hochzeitsreise vorgeschlagen? Grünes Wasser, alles morsch, porös, verfallen. Welche Leute leben hier?, hatte sie gefragt und angefügt: Venedig ist auf Holzpfähle gebaut und in diesen wiederum wimmelt es nur so von Holzwürmern, alles steht auf morschen Beinen, in zwanzig Jahren, das habe sie gelesen, wird es Venedig vielleicht nicht mehr geben. Venedig ist eine historische Stadt, hatte er geantwortet, eine Sehenswürdigkeit. Hauptsache in zwei Jahrzehnten existiert unsere Ehe noch, er hatte ihr, während er sprach, die Bluse aufgeknöpft. Und am Abreisetag hatte sie begeistert gerufen: Venedig, eine tolle Stadt. Sie hatten im Eingangsbereich des Hotels auf das Shuttleboot gewartet, als sie seine Hand losließ und zu einer der Restauratorinnen lief, die mit blauem Helm auf einer Leiter saß und an der Deckenmalerei arbeitete. Er stand nur wenige Meter entfernt und hatte Wörter gehört wie Infrarotlicht und Röntgenstrahlen. Gesine kam wieder auf ihn zu und hatte gesagt: Wenn die DDR mir meine Biografie nicht kaputt gemacht hätte, wäre ich Kunsthistorikerin geworden. Und dann hatte sie freudig angefügt: Ich werde das Abitur nachholen und Kunstgeschichte studieren. Was verbindet uns noch?, dachte er, als er an diesem Sonntag, viele Jahre nach der Hochzeitsreise, zu Gesine schielte, die das Steuer fest in der Hand hielt. Den Blick geradeaus. Tilda und Theo auf dem Rücksitz. War er noch neugierig auf das gemeinsame Leben? Dann sagte sie: Ich werde mich um den Garten kümmern. Er begriff nicht, was sie meinte, und antwortete: Man soll den Tag nicht vor der *Tagesschau* loben!

Er steht noch immer am Fenster seiner neuen Wohnung – schaltet die *Tagesschau* aus. Noch gibt es keine Meldungen zum angedrohten Terroranschlag. Erst morgen. Ein weiteres Schiff gleitet vorbei, diesmal in die andere Richtung. Er dreht sich um, klickt auf den AB, hört Tildas Stimme: Ich wollte sagen, dass ich zur Jugendweihe gehen möchte. Ein typischer Satz von Gesine, den sie nachspricht, als wäre es ihr eigener Gedanke. Ein Knacken in der Leitung. Er hört den AB ein weiteres Mal ab. Dann bewegt er sich in das kleinste Zimmer der Wohnung. Es soll sein Arbeitszimmer werden. Vors Fenster hat er den massiven Schreibtisch platziert, alle übrigen Möbel stehen herum, sind noch nicht an ihrem Platz. Aufhängen oder nicht? Das überlegt er und greift nach einem Bild. Und wenn ja, an welche der drei dafür in Frage kommenden Wände? Gesine mochte dieses Bild nicht, das hatte ihm eine Bekannte geschenkt und gesagt: Wichtig ist nicht nur, wie man ist, sondern auch, wie man wahrgenommen wird – oft ein entscheidender Unterschied! Ein Bild, gekauft in einer der neuen Galerien in Mitte, zu sehen sind zwei Männerköpfe, die nicht gleich sind, sich aber ähneln. Auf roter Fläche. Hat das Diensthandy geklingelt? Er stellt das Bild am Boden ab.

Der Aufzug überfüllt. Hier sind höchstens zehn Personen vorgesehen, sagt jemand. Um vierzehn Uhr wird die Pressekonferenz stattfinden, Journalisten, Fotografen werden sich gleich hier drängen, sagt Paul Jost zu den Mitfahrenden. Hätte ich der Reporterin absagen sollen?, die vor dieser Konferenz ein Interview mit mir machen will, überlegt er. Ein Beitrag über Abhörmethoden soll es werden. Die sind doch immer wieder in der Diskussion. Ihr Argument. Er hat zugesagt, der Klang ihrer Stimme war angenehm. Wenn Giese davon erfährt. Er könnte sich herausreden: nur ein kurzes Interview. Ich gebe nur die offiziellen Informationen. Etwas nervös macht ihn der Termin gleich mit Jörn Schrader, dem Staatssekretär. Er beobachtete ihn kürzlich bei einer öffentlichen Veranstaltung: Schrader war sichtlich irritiert, verlagerte vor der

Moderation das Körpergewicht von einem Bein aufs andere, verzog den Mund, lachte. Paul Jost hatte das Gefühl, der lachte aus Unsicherheit, lachte seine Verlegenheit weg, die Hände dabei in den Hosentaschen.

Die Aufzugtüren springen auf. Hastig legt er seine Sachen im Büro ab, startet ungeduldig den Computer, checkt die neuen Mails. Dann fährt er in den elften Stock. Auf die Ebene der Staatssekretäre. Man wird Sie aufrufen, flötet die zuständige Sekretärin: schnippischer Tonfall, strenger Blick, elegante Pumps. Er setzt sich in einen der großzügigen Ledersessel. Sie werden dann Entscheidungsbefugnisse erhalten, zeigen Sie, was Sie können, hat der Personalchef gesagt. Ich werde diese Herausforderung annehmen, seine souveräne Antwort. Gesine erzählte er nichts davon, dass er ganz neue berufliche Wege sucht, sie gingen zu dem Zeitpunkt ohnehin schon getrennte Wege. Das Büro des Staatssekretärs kennt er bereits: Blick ins Hansaviertel, hinterm Schreibtisch stehen die Flaggen der Bundesrepublik und der EU. Zuerst wird Schrader ein bisschen Small Talk machen, die Situation auflockern, sein smartes Lächeln aufsetzen, dann schnell zum Thema kommen.

Die Sekretärin erscheint zum zweiten Mal.

Paul Jost begreift, jetzt soll er ihr folgen. Er läuft durchs Sekretariat, an einem langen, dunkelroten Wandschrank entlang, betritt das Büro. Was für ein Ausblick, super, denkt er. Neben den Fahnen steht eine Büste Adenauers. Das abstrakt gemalte Bild gegenüber dem Schreibtisch fällt ihm auf. Auf den zweiten Blick eine weibliche Person erkennbar. Angespannt setzt er sich auf den freien Stuhl.

Ich bin unter Zeitdruck heute, sagt Schrader.

Seine Sätze sind präzise, manchmal gewinnt die Stimme während des Sprechens an Schärfe, als wollte er bestimmte

Sachverhalte unterstreichen, als besonders wichtig herausstellen: Das Telefonieren ist die Achillesferse der Terroristen, sagt er, er spricht ohne Mimik, nur seine Hände wirken unruhig. Wir müssen die Täter so früh wie möglich kriegen, in der Vorbereitungsphase. Die Telefonate zwischen den Terroristen hier und der Führungsebene woanders sind wesentlich, das wissen Sie! Ich erteile Ihnen erweiterte Befugnisse. Er fasst zusammen: Sie haben vierundzwanzig Stunden Bereitschaftsdienst, das Diensthandy muss rund um die Uhr angeschaltet sein, Sie entscheiden, wer ab wann abgehört wird, alles andere würde zu lange dauern! Zögern Sie nicht! Ich erteile Ihnen auch die Befugnis, die Durchsuchung von Wohnungen anzuordnen, ohne einen Richter zu befragen. Sie entscheiden! Es wird eine neue Kommission geben. Name: *Komet.* Zehn Vertreter unterschiedlicher Sicherheitsbehörden werden dazu gehören, auch Sie! Diese Kommission wird in regelmäßigen Abständen an unterschiedlichen Orten tagen. Nehmen Sie bitte an allen Konferenzen teil, um stets auf dem neusten Stand zu sein.

Paul Jost spürt sein Herz hämmern. Er nickt und blickt gefasst in das Jungengesicht des Staatssekretärs.

Er lässt sich auf die weiche Polsterung seines schwarzen Schreibtischstuhles fallen, greift den Telefonhörer. Tilda ruft seit seinem Auszug fast jeden Tag an, allerdings in der Privatwohnung, nicht in der Behörde. Wo hat sie die Nummer her?

Ich habe jetzt gar keine Zeit, hört er sich genervt sagen. Er freut sich aber doch für einen Moment über den Anruf, hört ihre helle fröhliche Stimme, hört, wie sie von einer Austauschschülerin aus Venedig erzählt, in wenigen

Tagen wird die zu Besuch nach Berlin kommen. Sie kichert, dann möchte sie wissen, was er genau macht in der Behörde.

Er räuspert sich, holt Luft und sagt dann: Stell dir vor, jemand geht mit einem Löwen an der Leine durch die Fußgängerzone. Es könnte passieren, dass dieser Löwe sich losreißt und angreift. Ich will das verhindern, will ihn rechtzeitig entschärfen, damit er erst gar nicht angreifen kann.

Während er redet, sortiert er Blätter, die seine Sekretärin ihm hingelegt hat. Eine Statistik über Islamisten. 1000 mögliche islamistische Terroristen leben zurzeit in Deutschland. 128 sind als gefährlich eingestuft, sie könnten erhebliche Straftaten begehen. Möglicherweise gehören einige davon zu der Zelle, von der der Aussteiger spricht, das wird zu prüfen sein.

Er hört Tilda lachen, sie ruft: Ciao.

Paul Jost sieht, wie die Tür seines Büros vorsichtig geöffnet wird. Es gibt auch Islamisten, die nicht in der Statistik erfasst und gefährlich sind. Er schiebt die Blätter zur Seite, macht eine einladende Handbewegung. Die Reporterin setzt sich an den niedrigen Tisch, gegenüber seinem Schreibtisch. Etwas kleiner als er ist sie. Halblange dunkelblonde Haare. Brille. Er sagt ihr gleich, dass er nicht viel Zeit zur Verfügung hat, sieht zu, wie sie ihr flaches dunkles Aufnahmegerät aus der großen mehrfarbigen Laptoptasche zieht. Sie spielt einen Teil des Interviews vor, eben mit dem Pressesprecher aufgenommen: Das Bundeskriminalamt berichtete ja, dass es im Fall der Sauerland-Gruppe ganz wichtig war, eine akustische Überwachung der Tatverdächtigen vorzunehmen. Einmal, um die nötigen Beweismittel zu kriegen. Um den Fall juristisch zu Ende zu bringen, muss man die Tatabsicht nachweisen können. Sie startet einen neuen Track, um weiter aufnehmen zu können.

Paul Jost macht ihr klar, dass sie seine Antworten nicht im O-Ton abspielen darf, die müssen von einem Sprecher gesprochen werden, er bittet sie, das Gerät auszuschalten, nur mitzuschreiben, reicht ihr einen weißen Kugelschreiber.

Wieso, wenn ich fragen darf?, wirft sie ein.

Ihr Gesicht bleibt bewegungslos bei jedem Satz, bei jeder Frage. Etwas umständlich erklärt er ihr, dass nur die Namen von Pressesprechern und der des Ministers öffentlich sind, nur von denen dürfen Bilder und O-Töne gesendet werden. Seine weiteren Antworten hält er kurz: Es geht uns darum, potentielle Terroristen in der Vorbereitungsphase zu überwachen, ihnen ihre Tatabsicht nachzuweisen, bevor sie zuschlagen. Es ist kein Verbrechen, sich einen Terroranschlag auszudenken, es ist kein Verbrechen, sich die entsprechenden Chemikalien und Zutaten für den Bau einer Bombe zu besorgen. Erst wenn beispielsweise konkret ein Ort für einen Anschlag genannt wird, wenn es definitive Absprachen gibt, haben wir das Recht einzugreifen. Wir versuchen, Verabredungen untereinander und Gesprächsverläufe mit den Drahtziehern der Anschläge mitzuhören, sammeln so die nötigen Beweismittel für eine Festnahme. Um den Löwen zu beseitigen, bevor er angreift, fügt er lächelnd hinzu.

Ihre Frage nach den vielen Unschuldigen, die möglicherweise abgehört werden, beantwortet er nicht.

Noch sind keine Informationen nach draußen gedrungen, noch ist es einigermaßen ruhig hier, denkt er.

Dann fragt er, ob sie kurz mitkommen mag in die Kantine. Ich habe noch nicht gefrühstückt. Ich lade Sie ein, sagt er auffordernd und lächelt sie an.

Sie nickt und packt Aufnahmegerät, Kabel und Zettel in ihre Tasche, schnappt die helle Jacke.

Ihre Stimme übertönt die laute Kaffeemaschine beim Mahlen der Bohnen. Und während der Kaffee in zwei Streifen aus der Maschine in die Tassen läuft, hört er sie sagen: Für mich bitte zuerst die Milch, dann den Kaffee dazu. Auf keinen Fall umgekehrt, fügt sie hinzu und erinnert ihn damit an Gesine. Er sieht sie in den Raum laufen. Sie sucht einen Bistrotisch in der Nähe des Fensters aus, setzt sich mit ungeschickten Bewegungen auf einen roten Stuhl. Er stellt zwei weiße Tassen mit Kaffee auf dem Tisch ab und sieht, wie sie die Spiegelwand genau anblickt und dann an ihrer Tasse nippt.

Guter Blick auf das Fernsehgerät, hört er sie sagen.

Sie wirkt plötzlich gut gelaunt und betrachtet die Bilder an den Wänden genau, während er sie mustert: Jeans und Pulli und flache Schuhe.

Tanzende Figuren, sagt er. Das sind Bilder eines jungen Künstlers, wir haben hier öfter Ausstellungen.

Ihr Gesicht bleibt ohne Regung, als sie sagt: Ich tanze gerne.

Tango oder Salsa?, fragt er interessiert zurück.

Swing.

Swing? Er hebt die Augenbrauen.

Swing ist lustig, sagt sie. Es gibt keine falschen Schritte. Früher tanzten die Frauen mit Blumen im Haar. Sie erklärt ihm genau, wie man Swing tanzt. Er hört interessiert zu, erzählt dann von der Bonner Tanzschule, in der er tanzen gelernt hat und isst dabei ein halbes mit Käse und einem Salatblatt belegtes Brötchen.

Sie schiebt ihre schwarzumrandete Brille zurück, spricht stets im selben Ton. Tanzschule, sagt sie. War ich nie. Wir gingen in die Disco.

Sie erzählt von einer Reise nach Schweden. Nächste Woche. Zu einer Veranstaltung, sie werde Originaltöne aufnehmen für eine Reportage. Als Reporterin hat man viele Themen, sagt sie dann.

Er lächelt sie an.

Sie blickt weg, trinkt schnell aus, hat es plötzlich eilig.

Soll ich Sie zum Ausgang bringen?

Sie nickt.

Paul Jost steht im Büro seines Chefs. Ein Raum direkt über seinem, doppelt so groß. Giese sitzt an seinem Schreibtisch am Fenster, dreht sich mit dem großen schwarzen Lederstuhl zu ihm. Schweigend. Dann macht er eine flapsige Bewegung mit der Hand. So etwas passiert ihm selten. Normalerweise sind seine Gesten kalkuliert eingesetzt, normalerweise macht der gar keine Gesten, sondern gibt klar formulierte Sätze von sich. Er blickt zu Giese und bleibt in der Nähe der Tür stehen. Für einen Moment hat er das Gesicht seines Vaters vor Augen und nimmt wahr, wie Gieses Mund sich zu einem knappen Grinsen verändert.

Gibt es Neuigkeiten über den Aussteiger?

Nein, antwortet Paul Jost, es bleibt unklar, ob die Aussagen stimmen. Ich habe mir die Biografie angesehen, soweit sie vorliegt. Der Aussteiger hat seinen jüngeren Bruder als Selbstmordattentäter angeworben. Er hat ihn aufgefordert, sich der Terrorgruppe anzuschließen. Der

Bruder ist ihm ins Terrorcamp gefolgt. An einem Abend, vor wenigen Tagen, hat der Aussteiger ihn und weitere Glaubensbrüder zum Abendessen eingeladen. Er verließ für wenige Minuten die Hütte, in dieser Zeit schlug eine Rakete, abgefeuert von einer amerikanischen Drohne, ein. Er habe einen lauten Knall gehört, dann die zerstörte Lehmhütte gesehen, sagte der Aussteiger in einem abgehörten Telefonat. Der Bruder sei auf der Stelle tot gewesen. Sein Kopf von einem Raketensplitter zerfetzt worden. Der Aussteiger sagte in einem weiteren Telefonat mit seinem Vater vor wenigen Minuten, dieses Erlebnis habe dazu geführt, dass er al-Qaida verlassen wolle. Der Tod meines Bruders hat mich so tief erschüttert, dass ich genug vom Leben eines Gotteskriegers habe, so lautet die genaue Aussage. Paul Jost weiß, wie von Drohnen abgefeuerte Raketen klingen, kurz bevor sie aufschlagen. Wie ein lauter metallener Bienenschwarm, das Gras zittert vor der Detonation, Sand schwebt in der Luft.

Nachvollziehbar, antwortet Giese knapp und holt ihn damit aus seinen Gedanken, deshalb will er raus. Dann schweigt Giese und blickt zum Fenster. Paul Jost weiß, von diesem Fenster aus sieht man ein Rechteck des Himmels – und wenn man den Kopf zur Scheibe neigt, blickt man in den Hof des repräsentativen Gebäudes. Er beobachtet seinen Chef, betrachtet das kantige Gesicht, die gebräunte Haut, den grauen Anzug. Er hat sich oft gefragt, wieso Giese auf graue Anzüge steht? Grau ist doch eine besonders abweisende Farbe, aber vielleicht ist es gerade das, was den anspricht, womit er sich Distanz und Respekt verschafft. Giese ist an diesem Tag nicht so jovial wie sonst. Der Raum hier ist mehr als ein Büro. In der Mitte steht ein runder Tisch, gesäumt von schwarzen Stühlen.

Hier finden Besprechungen statt mit Abteilungsleitern, hier werden wichtige Entscheidungen vorbereitet, zum Beispiel über den Einsatz der GSG 9.

Er hört Giese sagen: Wenn wir zahlen, will er uns angeblich sein Insiderwissen zur Verfügung stellen. Aber wie realistisch ist es, dass ein junger Mann, der von Deutschland ins afghanisch-pakistanische Grenzgebiet zog, sich dort zum Gotteskrieger ausbilden ließ, genau über die Pläne einer Terrororganisation informiert ist? Nach meiner Einschätzung ist er ein Schwätzer.

Paul Jost hebt die Augenbrauen und antwortet: Er behauptet, so gut informiert zu sein, dass er Orte und den jeweiligen Zeitpunkt der geplanten Anschläge nennen könnte. Er würde uns alles mitteilen, wenn …

Giese unterbricht ihn: Erpressung?

Beide schweigen.

Giese dreht seinen Kopf zum Fenster, und seine dunkle Stimme durchschneidet erneut den Raum: Meine These ist, es geht darum, uns in Angst und Schrecken zu versetzen. Er dreht den Kopf zu Paul Jost und fügt an, ich glaube nicht, dass er ein Insider ist und das Geld für eine neue Existenz braucht, möglicherweise braucht er das Geld, um Waffen zu besorgen. Dann sagt Giese: Vergessen Sie die Unschuldsvermutung! Und macht eine Geste, die zu meinen scheint: Gehen Sie jetzt.

Paul Jost fährt in den zehnten Stock, bewegt sich in Richtung Presseraum. Der letzte Satz von Giese eben klang fast wie ein Befehl. Habe ich nicht Jura studiert, um die Freiheitsrechte zu wahren, die Grundrechte des Einzelnen zu schützen? Und ist die Unschuldsvermutung nicht eine Basis des Grundgesetzes? Ein Mensch ist so lange unschuldig, bis das Gegenteil bewiesen ist. Er ahnt, was auf ihn zukommen wird. Sein Ziel ist es, Sicherheit zu gewährleisten und dabei die Grundrechte nicht zu verletzen.

Im Presseraum angekommen, sieht er den Minister an einem der beiden Rednerpulte, vor der Flagge der Bundesrepublik, der trinkt einen Schluck Wasser, redet. Paul Jost hört die genau überlegten Sätze, während seine Augen über Kameras gleiten, immer wieder versucht er, zwischen den Köpfen hindurch einen Blick aufs Rednerpult zu erhaschen: Zu unseren bisherigen Erkenntnissen über mögliche Terroranschläge sind weitere gefährdungsrelevante Hinweise hinzugetreten. Wir haben es mit einer neuen Lage zu tun. Terroranschläge sind für Ende Juni angekündigt. Hinweise ausländischer Geheimdienste und Ermittlungen des BKA im Zusammenhang mit Personen aus dem terroristischen Umfeld zeigen zeitliche und inhaltliche Übereinstimmungen. Die Sicherheitsbehörden sind auf die neu eingetretene Lage gut vorbereitet. Es gibt Grund zur Sorge, aber keinen Grund zur Hysterie. Ich rufe Sie hiermit zur Wachsamkeit auf, melden Sie der Polizei auffälliges Verhalten. Die Polizeipräsenz an Flughäfen und Bahnhöfen wird erhöht. Es wird sichtbare und nicht sichtbare Maßnahmen geben. Wir werden auch das Reichstagsgebäude absperren lassen. Unsere Maßnahmen dienen der Vorbeugung und Abschreckung. Wir lassen uns durch den Terrorismus weder in unseren Lebensgewohnheiten noch in unserer freiheitlichen Lebenskultur einschränken.

Paul Jost dreht sich zum Fenster, hört weiter zu, blickt dabei hinaus auf einen niedrigeren Teil des Gebäudes, auf begrünte Dächer, Türme, Autos, die aus dieser Höhe klein wirken. Sicherheit, ja, aber um welchen Preis? Zwei in Deutschland festgenommene Islamisten machten vor wenigen Tagen Aussagen, die sich mit denen des Aussteigers decken. Auch ein ausländischer Geheimdienst sprach von einem Terrornetzwerk in Deutschland und Anschlägen, die für Ende Juni, also nächste Woche, geplant seien. Der Minister wird in seiner Rede nicht in Details gehen und den Aussteiger nicht erwähnen.

Der Schutz der Bevölkerung steht an erster Stelle, hört er den Minister sagen. Paul Jost hat bereits eine Razzia in der Wohnung der Eltern des Aussteigers angeordnet. Er weiß, die eben von vielen Kameras aufgenommenen Bilder werden gleich in den Nachrichten und im Internet zu sehen sein, um den Erdball laufen.

Jetzt wohnst du in dieser Schlange, hat sein Sohn vergangenes Wochenende gesagt, er ist mit Theo die kurze Strecke vom Ministerium zu seiner neuen Wohnung am Moabiter Werder gelaufen. Und die Straßenlaternen sehen hier aus wie beim Zahnarzt, fügte sein Sohn hinzu. Paul Jost nickte und sagte: Es stimmt, die sehen ein bisschen aus wie die Mundspiegel beim Zahnarzt. Er beschleunigt seine Schritte, zehn Minuten braucht er, um von der Arbeit zu seiner neuen Wohnung zu gelangen. Kurz öffnet er die Aktentasche. Hat er die Fahrkarten mitgenommen? Für morgen! Um elf Uhr findet ein Gespräch in Köln statt, beim Bundesverfassungsschutz. Er läuft an einem Bistro vorbei, dem einzigen in der Straße, einmal war er abends kurz da, um ein Bier zu trinken. Die Kellnerin stellte das Glas hin und sagte: Wenn man vom Mond aus auf Berlin schaut, sieht man die Häuserschlange in dieser Straße. Die Straßenlaternen nannte sie Moonleuchten. Am schlimmsten ist ja, dass es an der Häuserschlange keine Balkone gibt, fügte sie hinzu. Ach, ich fühle mich hier sicher, entgegnete er. Hier patrouilliert alle fünfzehn Minuten ein Polizeiauto und der Wind bläst kräftiger als anderswo in Berlin, wirbelt Blätter vom Gehsteig. Die Häuserschlange besteht aus mehreren aneinandergebauten Backsteinhäusern und hat eine Wellenform. Wenn es dunkel ist und an den Wochenenden wirkt die Gegend verlassen, manchmal gespenstisch. Hinter den Häusern fließt die Spree, links der Wohnanlage, wenige hundert Meter entfernt, steht das Kanzleramt, rechts des Gebäudekomplexes, auch nicht weit entfernt: Schloss Bellevue.

Mit Schwung stößt er die Eingangstür auf. Nimmt nicht den Aufzug, um in den dritten Stock zu gelangen, sondern läuft durchs Treppenhaus. An vielen Wohnungen stehen keine Namensschilder, manchmal sind Zahlen zu lesen – statt Namen. Abgeordnete wohnen hier, auch Privatleute. Viele sind nur die Woche über in Berlin, fliegen freitags in eine westdeutsche Stadt. Er betritt seine Wohnung, legt den Haustürschlüssel auf den kleinen Holzschrank im Flur. Dann läuft er durch die Räume. Noch nicht alles steht an seinem Platz. Den größten Raum teilte er in einen Essbereich und das Wohnzimmer. Im Wohnzimmer befindet sich ein hellbraunes Sofa, die Bücherregale dahinter reichen bis zur Decke, sind noch nicht alle eingeräumt, Bücherstapel liegen am Boden. Er vermisst Gesine, vermisst ihre leicht heisere Stimme am Morgen, ihr Lachen, die Unordnung in der Küche und die schnoddrigen Fragen der Kinder, wenn er abends nach Hause kam. Unschlüssig läuft er an der langen Fensterfront entlang, setzt sich dann an den Glastisch. Gesine hat ihm diesen Tisch mitgegeben. Seine Ellbogen stemmt er auf das ovale Milchglas, legt ein paar Mappen darauf ab. Vor wenigen Wochen noch standen auf diesem Tisch morgens Nussnougatcreme und mehrere Marmeladensorten, es gab Vollkornbrot. Jetzt gibt es morgens Toast und Butter – abends ein Fertiggericht oder eine Pizza aus dem Tiefkühlfach. Er schiebt eine aus dem Karton und in den Backofen. Können wir sicher sein, dass unsere Übersetzer die abgehörten Telefonate richtig übertragen? Er hat gefordert, dass mehr Übersetzer eingestellt und abgehörte Telefonate von mehreren unabhängig voneinander übersetzt werden. Er nimmt einen Teller aus einer der Kisten. Dann schaltet er den Backofen ein und setzt sich wieder an den Glastisch. Nimm du diesen Tisch mit, hat Gesine zu ihm gesagt, ich werde mir einen neuen kaufen, um auf andere Gedanken zu kommen. Sie wollen sich also scheiden lassen, weil sie sich nicht einigen können, ob ihre Tochter an der Jugendweihe teilnehmen soll oder nicht? Er hat noch die Stimme der Therapeutin im Ohr. Er bekam nach dem Gespräch leichte Kopfschmerzen. Zu Beginn ihrer gemeinsamen Zeit waren sie häufig unterschiedlicher Meinung, aber sie stritten deshalb nicht. Gesine gab oft flapsige Antworten, wenn sie etwas irritierte, was er sagte, wie damals, als sie ihre Eltern zum ersten Mal eingeladen hatten in die gemeinsame Wohnung am Berliner Stadtrand. Sitzordnung? Gesine wirkte irritiert über dieses Wort. Er stand in der kleinen Küche mit den braunen Kacheln und formte Knödel, gab sie in kochendes Wasser, sie saß hinter der Durchreiche an diesem Tisch, den sie gerade neu gekauft hatten, klappte ihr Notebook auf. Rezepte las sie vor und fragte sehr freundlich: Willst du nicht endlich mal kochen lernen? Hat alles meine Mutter gemacht, gab er kleinlaut zurück. Er hörte sie lachen. Er übte für das kommende Wochenende, bereitete den Besuch der beiden Elternpaare aus Poppelsdorf und Pankow vor. Es sollte Rheinischen Sauerbraten und Klöße geben, von ihm gekocht. Wir sollten nicht über Vornamen reden, schlug er dann vor. Wieso?, fragte sie, wieder sichtlich irritiert. Meine Eltern schlagen wahrscheinlich Namen vor wie Carl oder Benjamin, oder Katharina. Er hörte sie erneut lachen und sagen: Das muss nicht sein. Gesine tippte Sätze ein, sie hatte die langen braunen Haare am Hinterkopf zusammengesteckt, trug ein kurzes Kleid und Nylonstrümpfe. Hausschuhe mochte sie nicht, die standen irgendwo in der Ecke. Das wird bestimmt gut, hörte er sie sagen, ein Westpaar, er Architekt, sie Hausfrau. Und ein Ostpaar, er Pfarrer, sie Pfarrerin. Und als er die Knödel aus dem heißen Wasser nahm, sagte er: Verrate ihnen lieber nicht, dass du kein Abitur hast. Spätestens an dieser Stelle hätte sie Jahre später angefangen, mit ihm zu streiten. Er spürte, sein Satz schmerzte sie, auch wenn sie abzulenken versuchte und spöttisch antwortete: In diesem zuckersüßen Stadtteil von Bonn, in Poppelsdorf, haben da alle Abitur? Sie stellte Teller auf den Tisch und erzählte ihm zum ersten Mal die Geschichte mit der linientreuen Lehrerin, der sie gesagt hatte, sie werde nicht zur Jugendweihe gehen – und die daraufhin antwortete: Du tust nichts für die Gemeinschaft, darum tut die Gemeinschaft auch nichts für dich. Man ließ sie nicht zum Abitur zu. Kinder aus Pfarrersfamilien hatten es besonders schwer, wissen das deine Eltern nicht?, fragte sie kleinlaut. Er umarmte sie.

Der Signalton des Backofens reißt ihn aus seinen Gedanken.

Am nächsten Morgen fährt er zum Flughafen, checkt ein. Man heiratet, kriegt Kinder, bleibt zusammen. Gesines Motto. Darauf ließ er sich ein. Aber wollte er das eigentlich? Eigentlich wusste er damals nicht, was er wollte, hatte keinen Plan. Sie war einfach schwanger geworden, verrechnet. Sie war es, die die natürliche Methode favorisierte. Ich bin in Mathe eine Null, ihr Argument. Schnitt, denkt er. Weg mit den privaten Gedanken. Ich bin im Dienst.

Wie findet man die richtigen Leute zum Übersetzen der abgehörten Telefonate? Er bereitet die Auswahlgespräche mit Übersetzern vor, die sich beworben haben.

Es ist gut, jetzt über mehr Übersetzer zu verfügen, denkt er auf dem Rückflug.

Eine Stewardess beugt sich über seine Schulter. Lächelt.

Er begreift schnell, es ist ein professionelles Lächeln, verknüpft mit einer Frage: Süß oder salzig?

Salzig, sagt er.

Und zu trinken?

Cola!

Die Stewardess stellt, ohne ihn anzublicken, eine kleine Tüte mit Chips auf den Klapptisch, schiebt den Wagen mit Getränken und Knabbereien weiter. Ihr Blick streift den nächsten Passagier. Wieder dieses Lächeln? Paul Jost lehnt sich zurück, liest Zeitung. Einen halben Tag dauerte das angespannte Gespräch beim Bundesverfassungsschutz in Köln. Wie findet man die richtigen Leute zum Übersetzen abgehörter Telefonate? Diese Telefonate sind die Grundlage für wichtige Entscheidungen. Er schließt die Augen, öffnet sie wieder, als die Stewardess Becher und leere Tüten einsammelt. Interessiert sieht er ihren geschickten Bewegungen zu. Wie lerne ich eine neue Frau kennen? Am besten übers Internet, meinte ein Kollege und gab ihm eine Adresse. Aber wie verliebt man sich in eine Frau, die man nicht sieht? Er schiebt die Klappe hoch, das Flugzeug setzt zur Landung an.

Was ist der Mensch im Zeitalter neuer Technologien?, fragt er sich, als das bestellte Taxi quietschend vor ihm anhält.

Er blickt auf einen der Bildschirme. Konzentriert steht Paul Jost hinter einem Mitarbeiter des Lagezentrums. An der Wand sind sieben Bildschirme befestigt, auf denen Nachrichtensendungen unterschiedlicher Sender gleichzeitig laufen. Der Mitarbeiter zeigt ihm an einem Filmzusammenschnitt die Reaktionen auf die Pressekonferenz im politischen Berlin. Die Regierung ging zu lange sorglos mit der Sicherheit des Landes um, posaunt ein Vertreter der Opposition ins Mikrofon, jetzt sucht man hektisch nach Lösungen. Ein anderer Politiker spricht von falschen Maßnahmen. Und der Korrespondent fasst zusammen: Die Polizei wird Kontrollen an Verkehrsknotenpunkten wie Bahnhöfen und Flughäfen verschärfen und ihre Präsenz am Reichstag erhöhen. Paul Jost dreht sich weg, liest die SMS seiner Sekretärin, bedankt sich kurz und verlässt den Raum. Genauso wichtig wie die Fernsehmeldungen sind Artikel in Tageszeitungen. Gut fühlt es sich an, viel um die Ohren zu haben, abgelenkt zu sein. Abgelenkt von den Gedanken über die gescheiterte Ehe, lieber bis in die Abendstunden arbeiten, als verloren in einem Sessel in der Wohnung zu kauern, sich Vorwürfe zu machen oder in Routinen zu versauern. Es gab auch gute Jahre mit Gesine, Jahre, in denen man sich liebte. Beschwingt schiebt er die Tür auf. Er ist zu spät dran, es fällt ihm auf, als er in die angespannten Gesichter der Anwesenden am runden Tisch blickt. Die inoffizielle Besprechung hat schon vor wenigen Minuten begonnen. Giese weist ihm mit der rechten Hand seinen Platz am Tisch zu. Paul Jost setzt sich, mustert den hellgrauen Anzug seines Chefs, die großen dunklen Lederschuhe. Dann grüßt er der Reihe nach den Pressesprecher Jan Winkler, den Polizeichef Matthias Teschke und den Referatsleiter aus der Abteilung Öffentliche Sicherheit Klaus Hanke. Auf dem Tisch ein Stapel Tageszeitungen. Jan Winkler hat eine in der Hand und fasst zusammen: Spekuliert wird in diesem Artikel über baldige Anschläge in Berlin ähnlich wie in Mumbai. Der Reichstag ist abgesperrt, deshalb denken diese Journalisten, es gehe um symbolische Orte. Es wird behauptet, vor allem Hotels seien gefährdet, führt er weiter aus und rückt seine kleine Brille zurecht, nimmt einen Augenblick später mit einer umständlichen Bewegung die Brille ab, klemmt einen Bügel zwischen Daumen und Zeigefinger, lässt die Brille hin- und herschwingen.

Polizeiaufgebot vor großen Hotels? Die Frage schwebt im Raum.

Paul Jost plädiert dafür, die geforderte Summe an den Aussteiger zu zahlen, um an weitere Informationen zu gelangen.

Giese wiegelt ab.

Die Attentäter in Mumbai hatten sich in verschiedene Gruppen aufgeteilt und an unterschiedlichen Stellen der Stadt zugeschlagen. Handgranaten. Sprengstoff. Schnellfeuergewehre, sagt Teschke.

Schweigen am Tisch. Man hört, wie Giese Kaffee in weiße Tassen schenkt. Der Polizeichef hat beide Hände in seine Hosentaschen gestemmt, schweigt.

Paul Jost versucht, möglichst gelassen zu wirken. Winkler schnappt sich einen weiteren Artikel, liest vor: Erstmals werden jetzt konkrete Anschlagsziele genannt: München, Hamburg und das Ruhrgebiet …

In der Presserede des Ministers wurden keine Städte erwähnt. Es liegen überhaupt keine konkreten Hinweise vor, welche Ziele, außer dem Reichstag, anvisiert sind, sagt Teschke in scharfem Ton. Manche Journalisten haben einfach zu viel Phantasie, fügt er an.

Leider lesen mehr als hunderttausend Menschen den Artikel, sagt Giese mit tonloser Stimme. Es ist schon erstaunlich, was Presseleute aus den Informationen machen, die wir rausgeben.

Wir brauchen mehr Informationen des Aussteigers, sagt Paul Jost.

Giese winkt erneut ab.

Teschke sagt: Das waren die beiden Zeitungsartikel, die die Aussagen des Ministers ergänzt und verfälscht haben, und damit möglicherweise Unruhe in der Bevölkerung stiften.

Giese sagt: Wir haben bei Forsa eine Umfrage in Auftrag gegeben zum Sicherheitsgefühl der Bevölkerung. Denn unsere Aufgabe besteht vorrangig darin, Sicherheit zu gewährleisten.

Paul Jost teilt mit, dass eine Razzia in den Wohnungen der Eltern des Aussteigers und einiger Kontaktpersonen stattgefunden hat. Laptops und Handys seien gesichert worden und würden momentan von der Polizei ausgewertet.

Das Telefon klingelt, Giese bewegt sich zu seinem großen Schreibtisch. Paul Jost steht kurz auf, geht zum Fenster, blickt hinaus, überbrückt so die Pause, entstanden durch das Telefonat. Man darf keine Angst vorm Scheitern haben, grübelt er. Einfach einlassen auf die neue Situation, mitmachen. Wer weiß hier, wie man am besten handeln sollte? Wer überblickt die Lage? So tun, als wäre es ein ganz normaler Arbeitstag, denkt er, während er auf die gegenüberliegende Seite des hufeisenförmigen Gebäudes blickt. Sein Blick schweift über helle Platten, über einen Himmel mit zerzausten Wolken.

Wir stehen für Sicherheit in diesem Land, sagt Giese am Telefon.

Sicherheit und Freiheit, widerspricht Paul Jost.

Wir haben die Verantwortung. Nicht die Medien. An uns wird man sich wenden, wenn ein Anschlag passiert, hört er Teschke laut sagen.

Er sieht, wie Giese das Telefonat beendet und sich wieder dazusetzt, und sagt: Die Familie des Aussteigers wird heute nach Deutschland ausgeflogen. Es besteht Hoffnung, dass der Aussteiger in den nächsten Stunden festgenommen und verhört werden kann. Dann werden wir wissen, wie viele Insiderinformationen er hat.

In letzter Sekunde nimmt Paul Jost seinen Platz in der Philharmonie ein. Einen Sitzplatz, ganz außen. So könnte er jederzeit aufstehen und fast unbemerkt den Raum verlassen. Zwei Stunden abschalten, denkt er. Der Dirigent hebt die Arme an, streckt sie vom Körper weg. Er beobachtet jede Bewegung des Dirigenten, schon als kleines Kind haben ihn diese Armbewegungen begeistert. Schulterblätter rücken zusammen, auseinander, der linke Arm beschreibt das Tempo der Musik, dann schwingt der ganze Körper des Dirigenten mit. Paul Jost vernimmt Schwingungen, Rhythmen. Nichts begeistert ihn mehr, nichts kann ihn so sehr ablenken wie ein Raum, angefüllt mit Musik. Er atmet ruhig, schließt die Augen. Gesine fehlt ihm, ihre warme Hand, die sie manchmal, wenn sie zusammen Musik hörten, an seine schmiegte. War das Konzert schön? Das fragten die Kinder oft am nächsten Morgen. Er öffnet die Augen wieder, um die Dirigentenarme erneut zu beobachten, diese Hände, wie sie fordern, einschreiten, in den Raum greifen, den Einsatz der Geigen herbeiflehen, den Einsatz weiterer Instrumente fordern oder zurückweisen, wie sie schweben, eine Richtung anzeigen, heftiger werden, flehen, Einhalt gebieten, verwerfen und erneut hervorholen. Er schwebt in den Klängen mit, bis er sein Handy bemerkt. Hat es geklingelt? Nein, er hat sich nur ungeschickt bewegt. Kein Anruf aus dem Ministerium, dem Kanzleramt, vom Bundeskriminalamt. Kein Anruf von Gesine. Sie schrieb ihm am Morgen eine SMS. An welchem der nächsten Wochenenden er die Kinder nehmen wird? Er versucht, sich wieder auf die Musik zu konzentrieren, sieht, wie die Arme des Dirigenten erneut in den Raum greifen, lehnt sich zurück, schließt die Augen, hört zu. Ihm fällt die schnitzelfressende Katze ein. Bei seinen Eltern. In Bonn. Damals. Kurz nach seinem Auszug von zu Hause. Die irritierten Gesichter seiner Eltern, als er einmal überraschend vorbeikam. Sonntags. Um die Mittagszeit. In die Altbauwohnung. Sprachlos blieb er stehen. Im Türrahmen des Esszimmers. Seine Eltern beim Mittagessen. Drei Gedecke. Als wäre er nicht ausgezogen. Aber nicht nur das. Auf seinem Stuhl hockte die Katze. Auch die Katze hatte einen weißen Porzellanteller vor sich stehen. Die frisst mein Schnitzel, schoss es ihm durch den Kopf. Was hätte er tun sollen? Hallo, sagte er vorsichtig, blickte in überraschte Gesichter. Meine Eltern haben mich wenigstens vermisst, denkt er. Nicht wie Gesine. Und die beiden Kinder. Das Gefühl, nicht mehr gebraucht zu werden, das schmerzt am meisten. Fort ist fort, posaunte Gesine beim vorläufig letzten Telefonat. Aber sie ist nicht mehr seine Frau. Jetzt ziehst du ins Regierungsviertel, sagte seine Tochter Tilda, sprachlos stand Theo daneben. Wie konnte aus Liebe zu Gesine Abneigung werden im Laufe der Jahre? Das fragt er sich immer wieder. Dabei haben sie beide dasselbe gewollt: ein gutes Familienleben. Froh ist er, ausgezogen zu sein. Aber was wird nun aus ihm? Froh ist er, nicht mehr in ein Netz verwirrender Gefühle gezogen zu werden.

Nach dem Konzert fasst er den Entschluss, Gesine erst zu antworten, wenn die Fahndungen abgeschlossen sind. Sie hat schließlich die Trennung ausgelöst. Warum soll sie nicht auch die negativen Folgen spüren?

Leise stellt er sein Tablett auf dem Tisch ab. Giese läuft auf ihn zu, ebenfalls eines in der Hand, schwenkt dann in eine andere Richtung. Der sucht sich einen Platz außerhalb meines Sichtbereiches, und nach den Konferenzen der Sonderkommission *Komet* meidet er jedes Gespräch, wirkt zugeknöpft. Paul Jost stochert mit der Gabel im Püree. Noch nie hat er mit Giese über Privates geredet, hat keine Ahnung davon, wie der lebt. Die neuesten Presseauswertungen brachten Giese am Vormittag für Sekunden aus der Fassung. Er schrie seine Sekretärin am Telefon an, entschuldigte sich sofort wieder und wies allen Anwesenden im Befehlston einen Platz am runden Tisch zu. Schnell hatte er sich wieder im Griff. Paul Jost schneidet seinen Krautwickel entzwei. Besorgniserregend, sagte Giese mit dieser dunklen Stimme. Paul Jost legt sein

Messer zur Seite, isst das Püree mit der Gabel, sein Blick schweift dabei über die unterschiedlichen Farben in der Kantine: blau, weiß und grau, schweift über Topfpflanzen, er kennt sie bereits aus seiner Bonner Zeit bei der Behörde. Über einen Beitrag in einer TV-Sendung regte Giese sich auf, nichts verabscheut er mehr als Journalisten, die Ermittlungen aufnehmen. Nach Informationen dieser Sendung sollen zwei Personen einen Anschlag auf eine große Menschenmenge in einer deutschen Stadt planen. Sie seien in Waziristan ausgebildet worden und vor wenigen Wochen nach Deutschland gereist. Keine Selbstmordattentäter. Geplant seien Anschläge mit zielgesteuerten Spreng- und Brandvorrichtungen. Die beiden potentiellen Attentäter warteten zurzeit auf einen Zünder, der solle aus der Türkei eingeschmuggelt werden. Aktuell würden sie wechselnden Unterschlupf bei anderen Personen finden, sie würden gemeinsam wohnen, nicht telefonieren, nicht in die Moschee gehen und auf westliches Aussehen achten. Wie kann man Journalisten davon abhalten zu ermitteln, schnaubte Giese, und schlimmer noch, permanent die Phantasieergebnisse im Fernsehen zu präsentieren? Unser Ziel ist es, Unruhe in der Bevölkerung zu vermeiden, das kapieren diese Leute nicht.

Dann steht Giese neben ihm und sagt: Die Konferenz beginnt eine halbe Stunde früher.

Am Aufzug angekommen, überlegt sich Paul Jost, bei seiner These zu bleiben: Der Tod des Bruders hat einen Bewusstseinswandel beim Aussteiger hervorgerufen, seine Informationen sind zu detailliert, um sie zu ignorieren. Ihm fällt die zynische Bemerkung von Giese vom Vormittag ein: Der Vater des Aussteigers habe zumindest das Richtige gewollt. Die Nachmittagskonferenz findet im ersten Stock statt. In diesem schmalen Raum, stets zu kühl. Paul Jost hat den beiden Referenten alle bisherigen Abhörprotokolle zur Verfügung gestellt und in jeder freien Minute die Puzzleteile zur Biografie des Aussteigers, die sich in den abgehörten Telefonaten manchmal zwischen den Zeilen ergaben, zusammengetragen. An jedem Tisch ein Mikro, er lehnt sich zurück, hört zu, sein Blick streift die gelben Wände, den hellbraunen Teppich. Dann trägt er mit fester Stimme vor: Der Aussteiger wurde in der Türkei geboren, seine Eltern zogen mit ihm, als er zwei Jahre alt war, nach Deutschland. Nach Wuppertal. Er hat vier Geschwister und sagt über sich: Ich bin das schwarze Schaf der Familie. Als Teenager wurde er kriminell. Es blieb nicht bei Diebstählen, Schlägereien und Drogen kamen hinzu. Der Vater wollte ihn von der schiefen Bahn abbringen. Als die Schwester des Aussteigers einen Prediger heiratete, der in Pakistan in einer Koranschule unterrichtete, forderte der Vater den Sohn auf, ein paar Monate diese Koranschule zu besuchen, in der Hoffnung, der würde sich bessern. Der Vater hoffte, der Aufenthalt in dem religiösen Land würde den Sohn von der Kriminalität wegbringen. Aber wieder zu Hause, interessierte der Sohn sich weder für die Schule noch für einen Beruf. Sein Vater setzte ihn vor die Tür, daraufhin wurde der Sohn erneut straffällig, kam wieder in Haft. In der Zelle einer Jugendvollzugsanstalt beschäftigte er sich intensiv mit dem Koran. Von der Dunkelheit ins Licht, nannte er seine dort vollzogene Entwicklung. Auf sieben Quadratmetern wurde er zum Dschihadisten. Nach der Entlassung trug er eine Gebetsmütze, ließ sich einen Bart wachsen, engagierte sich in einer Moscheegemeinde, hörte islamistische Reden, verschwand kurz darauf und schloss sich einer Gruppe von al-Qaida an.

Paul Jost nimmt eine Packung aus dem Kühlschrank, sucht die Einreißlinie. Wie gut, dass die Lebensmittelindustrie begriffen hat, es gibt sehr viele Einpersonenhaushalte. Eine Marktlücke. Er öffnet die Mikrowelle, stellt eine kleine Portion Reis mit Gemüse hinein. Schon lange fragt er sich, ob man den Punkt bestimmen kann, an dem alles umschlägt, an dem aus einem jungen Mann ein Islamist wird? Was geht in diesen Köpfen vor? Was passiert in den Momenten, in denen sie einwilligen, ihr Leben einer Strategie von Terroristen unterzuordnen? Er klappt die Mikrowelle zu. Mit Schwung nimmt er dann einen Stapel Bücher vom Glastisch und verteilt die Bücher in weiße Regale. Jede freie Minute nutzen, um die Wohnung voranzubringen. Alle gelesen, denkt er, das unterscheidet mich von meinem Vater. In den Wohnzimmerregalen seines Elternhauses stehen etliche nicht gelesene Bücher. Die gehören einfach ins Regal, argumentiert sein Vater, wenn er darauf angesprochen wird. Paul Jost macht den Fernseher an, um die Talk-Sendung zu sehen, alle in der Abteilung werden dies tun. Kein Schiller, kein Goethe in meinem Regal, ein paar gelesene Romane aus der Gegenwart, Biografien, Bücher zur Geschichte, Reiseführer. Er nimmt das Essen aus der Mikrowelle, setzt sich an den Glastisch und isst mit Blick auf die Sendung. Die Talk-Sendung wird aus aktuellem Anlass vorgezogen, sagt die Moderatorin zu Beginn. Von der bislang deutlichsten Terrorwarnung in Deutschland spricht sie dann und fasst noch einmal zusammen. Einer der Gäste, ein Amerikaner, ergreift sofort das Wort: Mir ist eine Tüte im Flugzeug aufgefallen. Was war denn darin?, fragt die Moderatorin. Die Tüte, sagt er, keinem ist diese Tüte aufgefallen. Er erzählt von bestimmten Beobachtungen, die nur ein Amerikaner machen kann. Der Bundesinnenminister hat das Wort, redet ohne Mimik, vermeidet Gesten, spricht gelassen und sachlich. Erwähnt die schwierige Balance zwischen Warnen und Panikmache. Ja, wir nehmen die Hinweise auf möglicherweise bevorstehende Anschläge sehr ernst, sagt er. Nein, antwortet er auf eine Zuschauerfrage, den Flug in ein Urlaubsland nicht absagen.

Was war denn in der Tüte? Das fragt eine Frau aus dem Publikum. In Deutschland herrscht ein unterentwickeltes Bewusstsein, wenn es um Terrorismus geht, sagt der untersetzte Mann mit amerikanischem Akzent ins Mikro. Die Kamera schwenkt, ratlose Gesichter im Publikum. Wie soll man reagieren, wenn man etwas Auffälliges sieht?, fragt die Moderatorin. Der Amerikaner antwortet ausführlich und mit eifrigen Gesten. Paul Jost schiebt seinen Teller weg. Die Moderatorin bewegt die Spitze ihres rechten Schuhs stets in die Richtung des jeweiligen Gastes, mit dem sie gerade diskutiert. Die Frau aus der Bevölkerung, sie sitzt zwischen Minister und Amerikaner, fragt, ob sie belebte Plätze meiden soll? Die Moderatorin blickt immer wieder auf ihren Zettel, schiebt die Spitze ihres rechten Schuhs in eine andere Richtung.

Er zappt die Sendung weg, stellt die Spülmaschine an, um die Stille in der Wohnung zu unterbrechen, diese ungewohnte Stille am späten Abend. Umgeben ist er von schalldichten Wänden, keinen seiner Nachbarn hat er je gehört. Wir wissen nicht, zu welcher Gruppe der Aussteiger gehört. Ist er ein Vollblutdschihadist? Dann würde er eine große Gefahr darstellen. Ist er ein verstörter Mensch, möglicherweise traumatisiert, aber nicht ideologisch motiviert? Oder gehört er zu den Desillusionierten, möchte einfach nur zurück nach Europa?

Es hat geklingelt. Um diese Zeit? Am Wochenende? Soll er aufmachen? Unschlüssig läuft er den schmalen Flur entlang, öffnet die weiße Tür. Tilda steht vor ihm. Sie ist nicht alleine.

Hallo, sagt er.

Hallo, tönt es zurück.

Irritiert bleibt er im Türrahmen stehen, blickt die beiden an. Tilda zieht den Mund in die Breite, imitiert damit ein Lächeln. Sie wirkt genervt, neben ihr eine junge Frau. Eine junge Frau? Die beiden sehen aus, als würden sie zu einem Fototermin gehen, bald auf einem Cover präsentiert werden. Ihm fällt das Telefonat vor wenigen Tagen ein. Eine Austauschschülerin aus Venedig. Zu Besuch. Übers Wochenende. Auch den Vornamen erinnert er. Er hat Gesine gesagt, dass er sich an diesem Wochenende nicht um die Kinder kümmern kann, Bereitschaftsdienst hat. Wieso ignoriert sie das?

Du bist Daniela. Er streckt ihr die Hand entgegen.

Sie nickt sehr freundlich.

Was ist das? Lange ist es nicht her, da Tilda Sätze sagte wie: Ich würde mich gerne für einen Tag in einen Tierpfleger verwandeln, um den Nilpferden die Zähne zu putzen. Kürzlich erklärte sie ihm: Eine Sternschnuppe entsteht, wenn die Erde mit einem Staubteil aus dem Weltall zusammenstößt. Und jetzt? Vor ihm stehen zwei junge Frauen. Vor ein paar Wochen war seine Tochter noch ein Kind.

Können wir jetzt endlich rein? Tilda ist ungeduldig.

Er nickt und macht die Tür weiter auf.

Sie gehen an ihm vorbei, hängen ihre Jacken an die Garderobe. Beide sind leicht geschminkt, haben rot lackierte Fingernägel. Zwei Dreizehnjährige, denkt er und macht die Tür zu, sie wirken wie aus einem Hochglanzmagazin. Nur ihre Stimmen passen nicht ganz zum Outfit, zu piepsig.

Erwartungsvoll setzt Tilda sich an den Glastisch. Er räumt die Mappen aus der Behörde weg.

Wollt ihr frühstücken?

Daniela, ja, sagt Tilda, ich habe schon gefrühstückt. Daniela kam nicht dazu, sie brauchte zu lange im Bad.

Dann ist es für Daniela das erste, für dich das zweite Frühstück, antwortet er freundlich und zählt auf, was es alles geben wird.

Daniela setzt sich auf einen der hellen Stühle dazu, schlägt vornehm ein Bein übers andere und sagt: Ich esse Parmaschinken zum Frühstück.

Dann fordert Tilda sie auf, mit in ihr neues Zimmer zu kommen.

Wir brauchen da etwas länger, sagt sie, du kannst in Ruhe das Frühstück machen, Parmaschinken sollte auf jeden Fall auf den Tisch!

Sie streift, während sie spricht, die halblangen Haare hinter die Ohren, so wirkt sie mädchenhafter. Dann läuft sie zum Fenster, blickt hinaus.

Wenn ich in Pankow aus dem Fenster blicke, sehe ich einen Garten, vor deinem Fenster sieht man die Spree, Gras, Bäume. Ich werde übrigens zur Jugendweihe gehen, in wenigen Wochen, sagt sie dann beiläufig, meine beste Freundin macht das auch.

Er tut so, als hätte er diesen Satz überhört.

Parmaschinken, wo kriegen wir den jetzt her?

Aus einem guten Supermarkt, antwortet sie schnippisch.

Irritiert über den neuen Ton sieht er zu, wie seine Tochter und Daniela in das kleine Zimmer gegenüber der Küche laufen.

Können wir jetzt endlich frühstücken?, fragt Daniela, als er aus dem Supermarkt zurückkommt.

Er ignoriert den patzigen Ton und beginnt, den Tisch zu decken.

Das waren noch Zeiten, denkt er, als Tilda mit ihren Freundinnen Fangen und Verstecken spielte, sich zu Weihnachten eine Puppe wünschte, die mit Steuerung fliegen kann wie ein Schmetterling.

Sie setzen sich alle drei an den Tisch. Daniela nimmt sich von dem Parmaschinken und ein Stück Toast dazu. Er beobachtet ihre grazilen Bewegungen, sein Blick streift über die dunkle Haut.

Halbafrikanerin, sagt sie, als könnte sie seine Gedanken lesen. Meine Eltern hatten keine Zeit für mich, deshalb gaben sie mich zur Adoption frei. Jetzt wohne ich in Venedig bei meinen neuen Eltern, sie streicht beim Sprechen mit einer Hand durch ihre wuscheligen dunklen Locken.

Daniela ist etwas Besonderes, fügt Tilda an, sie möchte später Fotomodell werden.

Ich gehe jedes Wochenende tanzen in Venedig, erzählt Daniela dann, man sieht es mir wahrscheinlich schon an, ich bekomme wenig Schlaf.

Nach dem Frühstück erklären ihm die beiden, dass sie jetzt einige Zeit ungestört in dem kleinen Zimmer verbringen möchten.

Wortlos räumt er das Geschirr in die Spülmaschine, überlegt, was er in dieser Zeit machen könnte. Er schaltet die Nachrichten ein, sieht Polizisten an einem Flughafen. Die Reisenden an Flughäfen sind aufgefordert, alles zu melden, was auffällig ist, sagt eine Sprecherin. Polizisten mit Maschinenpistolen laufen durchs Bild. Gelassen. Aufmerksam. Ob mehr Polizei zu mehr Sicherheit beiträgt, wird eine Wartende am Bahnhof gefragt: Man fühlt sich so schon besser, ich möchte mein Leben nicht umkrempeln, ganz normal zur Arbeit fahren. Wegen der erhöhten Gefahr von Terroranschlägen werden bundesweit die Sicherheitsmaßnahmen an Flughäfen und Bahnhöfen weiter verstärkt. Die Tagesschausprecherin blickt ernst in die Kamera. Der Bundesinnenminister, kurz eingeblendet, spricht von einer neuen Lage hinsichtlich der Gefahr in Deutschland, er fordert Journalisten auf, sich nicht in die Ermittlungen der Behörden einzumischen.

Bei der nächsten Meldung schaltet er mit der Fernbedienung das Programm weg. Es ist ruhig in der Bevölkerung, aber wir wissen auch, dass das kippen kann. Er wirft einen kurzen Blick auf sein Diensthandy: Alles ruhig. Die Razzia in den Wohnungen in Wuppertal hat die Behörden bisher nicht weitergebracht.

Er setzt sich an den Glastisch, zieht sein Notebook zu sich hin, loggt sich ein. Ein Kollege hat ihm ein bestimmtes Onlineprogramm zur Suche nach einer neuen Frau empfohlen, nebenan hört er Tilda und Daniela lachen. Er klickt sich durch zu einem Fragebogen. Geduldig beantwortet er viele Fragen. Jetzt hat er ein Profil. Ein virtuelles Profil. Über einhundert Frauenprofile stehen ihm zur Verfügung. Er scrollt, liest, klickt weg, klickt auf, klickt weg. So viele optimistische und attraktive Frauen. Wie lernt man einen Menschen über den Computer kennen? Per Mail? Wie soll das gehen? Was schreibt man einer Frau, der man nie begegnet ist? Da hast du eine große Auswahl, sagte der Kollege. Aber was bringt das? Irritiert überlegt er, das Notebook zuzuklappen, bemerkt in diesem Moment aber, dass eine Mail ihn erreicht hat, klickt sie auf: Hallo Unbekannter, meine Großmutter lernte meinen Großvater kennen, weil sie ihr Taschentuch neben ihm hinfallen ließ. Er hob es auf. Dieses Onlineforum ist so etwas wie ein Taschentuch. Interessiert liest er weiter, grinst und hört Tilda und Daniela nebenan erneut laut lachen.

Dann klopft er an die Tür des Kinderzimmers. Es dauert einen Moment. Er hört, wie von innen aufgesperrt wird. Tilda hat ein Notebook auf ihren Beinen, sie blicken ihn beide an, als hätten sie gerade etwas angestellt.

Hallo, sagt Tilda mit gespielter Freundlichkeit, so, als wäre es das Selbstverständlichste, gelassen auf dem kleinen Sofa zu sitzen. Sie schiebt den Computer von ihren Beinen, stellt ihn am Boden ab. Daniela steht neben der Tür, hält etwas in den Händen.

Was tun? Wir könnten spazieren gehen, hier in der Gegend, schlägt er vor.

Die beiden sehen sich an und sagen: Ja.

Übrigens mein Zimmer, plappert Tilda dann, deshalb habe ich abgeschlossen, wir wollten uns etwas zurückziehen.

Und Theo?

Der braucht ein eigenes Zimmer, antwortet sie schnippisch und steht auf.

Dieser Raum ist das Kinderzimmer, erklärt er mit ruhiger Stimme. Es gibt nur dieses eine Zimmer für euch!

Ich bin aber kein Kind mehr, antwortet Tilda und verzieht ihren Mund dabei. Ich brauche kein Kinderzimmer.

Sie dreht sich zu Daniela.

Daniela hält ein kleines Schild in der Hand.

Er sieht, wie die beiden dieses Schild an der Tür befestigen: Vorsicht, Zicke.

Sein Diensthandy klingelt in diesem Moment.

Mit schnellen Schritten läuft er Richtung Ministerium. Düster ist es. Und das am frühen Nachmittag. Als hinge ein Graufilter über der Stadt. Er sieht Pfützen, die zu kleinen Seen werden, hält den Schirm mit viel Kraft ruhig, weil plötzlich Wind aufkommt. Er hätte mit dem Auto fahren sollen. Aber konnte er ahnen, dass plötzlich ein Regen losbrechen würde? Novemberwetter im Sommer. Er nimmt den Seiteneingang ins Ministerium, Deckenbeleuchtung spiegelt sich am Boden. Grünpflanzen in großen Behältern rücken in sein Sichtfeld. Er erreicht die Rotunde, geht unter dem Glasdach entlang, eine Rolltreppe führt ins Untergeschoss. Zügig bewegt er sich in den Innenhof, dann in Richtung Haupteingang.

Das Wetter hat sich beruhigt, als er nach der Konferenz zurück nach Hause läuft. Er ruft Tilda an, um zu fragen, ob die beiden gut nach Pankow gekommen sind, er hatte sie noch schnell zur U2 gebracht. Der Aussteiger hat sich abgesetzt, es fehlt jede Spur von ihm.

Vor ihm laufen zwei Männer von der Stadtreinigung. In Orange. Paul Jost verbringt seine Mittagspause außerhalb der Behörde, betritt ein kleines Café. Es ist Anfang Juli, kein Anschlag in den letzten Tagen. Die Sicherheitsmaßnahmen an Flughäfen und Bahnhöfen sind zurückgefahren, die Absperrung des Reichstages aufgehoben. Sein Blick streift über Obstbecher, Kuchen und Ciabatta. Er bestellt einen Kaffee. Die Frau hinter der winzigen Theke nickt und gießt wenige Sekunden später Kaffee und Milch in ein großes Glas. Während er immer mal wieder an dem Glas nippt, liest er die Auswertung von Forsa, ausgehändigt von seiner Sekretärin vor wenigen Minuten. Auf die Terrorwarnungen reagierten die Bundesbürger überwiegend gelassen. Die große Mehrheit, 86 Prozent, hat nach Umfrage des Forsa-Instituts keine oder kaum Furcht vor einem Anschlag. Weitere 4 Prozent gaben an, sie hätten davor Angst, 10 Prozent äußerten große Angst. Trotz der Terrordrohungen haben nur wenige, 5 Prozent, ihr persönliches Verhalten geändert. Die meisten von ihnen erklärten, sie hätten letzte Woche stark besuchte Orte gemieden. Gute Noten gaben die Deutschen dem Krisenmanagement der Bundesregierung. Zwei Drittel der Befragten, 67 Prozent, empfanden die Sicherheitsmaßnahmen als angemessen. 18 Prozent schätzten sie als übertrieben ein. Dass die Regierung zu wenig tue, meinten nur 10 Prozent.

Er legt die Statistik auf den freien Platz neben sich.

Welche Informationen hat Giese?, fragt er sich. Der weiß mehr, als er sagt. Giese deutete an, morgen weitere Informationen vom amerikanischen Geheimdienst herauszugeben. Sollten wir nicht alle auf demselben Informationsstand sein? Er wird ihn zur Rede stellen. Wir sind noch lange nicht am Ende der Ermittlungen, rief Giese eben auf dem Flur.

Als Paul Jost am Abend in seine Wohnung kommt, beschließt er, joggen zu gehen. Mit einer geschickten Bewegung öffnet er seine Krawatte, streift sie über den Kopf.

Auf den Atem konzentrieren, dann beschleunigen, schneller werden, er spürt, seine Kondition hat nachgelassen. Der Boden unter den Füßen gibt etwas nach. Vom Regen am Morgen. Joggen entspannt, wirbelt die Sätze im Kopf durcheinander und bringt auf neue Gedanken, das hofft er jedenfalls. Wieso interessierte Gesine sich plötzlich so wenig für ihn? Jeden Tag fällt ihm diese Frage ein. Unklar ist, wieso sie sich so sehr für den Garten begeisterte. Ihre Freizeit verbrachte sie in den letzten Ehejahren am liebsten hinterm Haus, schnitt Hecken, legte Blumenbeete an, traf sich mit Freundinnen auf der Terrasse. Sehr beschwingt wirkte sie oft, wenn sie hinterm Haus im Garten war. Ich mache gerne etwas mit den Händen, erklärte sie einmal. Kleid und Badesandalen trug sie im Sommer, bei kühlerem Wetter eine weite Hose und Strickweste. Es war eigentlich nicht die Gartenarbeit, die ihn so irritierte. Es schien ihr nichts auszumachen, dass sie unterschiedliche Wege gingen. Dieses Gefühl, dass es ihr nichts ausmachte, verletzte ihn, wenn er ihr von seinem Arbeitszimmer aus zusah. Die Idee, Kunstgeschichte zu studieren, über die sie während der Hochzeitsreise sinniert hatte, war längst verworfen. Der Garten interessierte sie, wenn sie von ihrem Bürojob nach Hause kam.

Er geht ein paar Schritte, geht dann wieder in ein leichtes Lauftempo über. Er greift in die Tasche der Jogginghose. Das Diensthandy? An alles gedacht? Ein paar Meter im Schritttempo, dann beschleunigt er. In den ersten Jahren der Ehe sind sie öfter abends miteinander weggegangen. Das verlor sich mit der Zeit. Jeder hatte seine Aufgaben, die Hausarbeit war aufgeteilt, sie kochte, er half beim Bügeln, außerdem war er für das Mähen des Rasens hinterm

Haus zuständig. Und dann gab es noch den Wochenplan in der Küche, auf dem stand, wer wann für das Ein- oder Ausräumen der Spülmaschine zuständig war. Man lebte ein bisschen nebeneinander her. Die Kinder standen im Mittelpunkt. Vielleicht hätte man wieder ins Kino gehen sollen, überlegt er. Lass uns ins Kino gehen, sagte sie, als er das erste Mal zu ihr fuhr. Sie hatten sich ein paar Tage vorher kennengelernt bei einer Vernissage in Mitte. Die Bilder alter Meister hatte er längst gesehen. Ihn interessierten auch die Arbeiten junger Künstler. Flächen aus Orange und Grün, ein paar andersfarbige Tupfer darin, manchmal wild aufgetragen. So sahen die Bilder der Ausstellung aus. Er irrte kurz vor Ausstellungsende durch die Räume mit Neonröhren und gedämpften Stimmen, fand sie vor der Galerie, umringt von letzten Gästen und leeren Sektgläsern. Sie war nicht ganz sein Typ, ein bisschen zu dünn! Aber irgendwie ergab sich an diesem Abend der Beginn ihrer Beziehung. Er mochte die kurzen intensiven Gespräche. Ihre helle Stimme. Und es war ein schöner Sommerabend. Er fand sie ungewöhnlich, anders als die Frauen, die er kannte. Mit ihren weißen Pumps und der Handtasche von Tchibo. Er nahm sie mit nach Hause. Sie lud ihn am nächsten Tag ein, am Wochenende zu ihr zu kommen. Ich wohne momentan am Ostkreuz, sagte sie. An den Weg zu ihrer Wohnung erinnert er sich noch genau. Überall gelbe Helme auf dem Bahnsteig, Bauarbeiter, Absperrgitter und aufgetürmtes Baumaterial. Er schlenderte unter einem grauen Bahnhofsdach entlang. War nicht so einfach, den richtigen Ausgang zu finden in diesem Gewusel. Dann sah er das gesuchte Schild, streifte an blauen Müllsäcken entlang, einen großen gelben Kran außerhalb des Bahnhofsbereichs im Blick. Er suchte die

Straße, die sie ihm beschrieben hatte. Ein Wurststand auf dem Weg dahin fiel ihm auf. Übereinander getürmte Würste. Wiener. Dicke Knacker. Polnische. Das stand auf Schildern. Die unterschiedlichen Häuserfarben gefielen ihm. Er lebte damals erst wenige Jahre in Berlin. Einige Berufsjahre hatte er bereits in Bonn verbracht. Sein Leben sollte quirliger werden. Er suchte die richtige Hausnummer, blieb stehen vor einer grünen Tür mit verwischten Graffitisprüchen, klingelte, wartete auf den Summer, um die Tür aufzudrücken. Dann stand Gesine vor ihm. Ich kenne ein Café in der Nähe, hörte er sie sagen, während sie sich umarmten und ihm der intensive Geruch ihrer Haare auffiel, vermutlich ein spezielles Shampoo. Sie war ein bisschen zurechtgemacht an diesem Tag, die Haare henna gefärbt. Er folgte ihr in ein großräumiges Café mit vielen kleinen schwarzen Tischen und Stühlen. Gesine blickte immer wieder nach draußen, auf die Leute und auf den mit vielen Zetteln zugeklebten gelben Briefkasten. Sie hatte ihn zu einem Bananenshake überredet. Wo ist die Banane?, fragte er zwischendurch. Schmeckt es dir nicht? Sie verzog ihren Mund. Milch mit irgendeinem Geschmack, er stocherte mit dem Strohhalm im Milchschaum. Sie zeigte mit dem linken kleinen Finger auf ein Wort an der Wand. Er sah Buchstaben, dann begriff er, was da stand: Leidenschaft. Dieses Wort prangte über einer leeren Stuhlreihe. Sie wollte ihn wahrscheinlich nur ablenken. Ich weiß, sagte sie, die Pizza hier ist auch nicht gut. War kürzlich mit einer Freundin da. Die meinte, die Pizza stimmt nicht. Stimmt nicht? Eine Pizza wird mit Tomatensoße und Mozzarella gemacht, der Belag jedenfalls, nicht mit gelbem Käse. Bist du jetzt sauer?, fragte er sie, irgendwie schon, habe ich das Gefühl. Seit ich im

Westen lebe, habe ich dauernd das Gefühl, so viel falsch zu machen, sagte Gesine und trank mit einem Mal ihr halbvolles Glas aus. Er überlegte schon, sich zu verabschieden, denn das Gespräch drohte ganz zu versacken. Dann sagte sie: Lass uns ins Kino gehen. Ich weiß, wo ein guter Film läuft. Mit meiner Lieblingsschauspielerin. Sie sanken in dunkelrote plüschige Kinosessel. Er schlang seinen Arm um sie. Der Werbevorspann dauerte eine gefühlte halbe Stunde. Der Film begann, gebannt blickten alle auf die Leinwand. Und als der Abspann lief, flüsterte Gesine: Stell dir vor, wir könnten auch viele Jahrhunderte lang leben. Aber was würde das bringen?, fragte er und fügte an: Man könnte sich mehr Zeit lassen für alles, könnte alle wichtigen Entscheidungen lange hinausschieben. Wäre das nicht wunderbar? Nein, meinte sie, möchte ich gar nicht, man muss auch mal auf den Punkt kommen im Leben. Sie diskutierten am nächsten Tag beim Frühstück weiter. Bei uns gab es Fünfjahrespläne, das war gut, argumentierte sie. Man sollte sich auch mal festlegen. Fünfjahrespläne? Gut? Er betrachtete, während er redete, die Reste vom Abendessen. Von einer der Platten hatte keiner etwas gegessen. Tomaten mit Mozzarella. Wie sieht das denn aus? Eine Auflaufform voll mit Olivenöl, darin schwammen ein paar Stücke Tomate, belegt mit Mozzarella. So macht man das nicht, war ihm durch den Kopf gegangen. Aber er hatte nichts gesagt. Tilda Swinton ist eine so tolle Schauspielerin, sagte sie nach ihrem Abschiedskuss. Auf dem Weg zur S-Bahn dachte er noch einmal an den Film *Orlando*, erinnerte den leichten Erdbeergeschmack ihres Mundes. Irgendein Kaugummi. Eigentlich mochte er auch Kostümfilme, aber lieber die, die politische Geschichten erzählten. Wenn ich viel mehr Lebenszeit hätte, dachte er, wäre ich zuerst Künstler geworden. Aber ihm war immer klar, er hatte bis Mitte zwanzig einen Studienabschluss hinzulegen, um gute Chancen auf dem Arbeitsmarkt zu ergattern.

Dann war erst einmal Funkstille. Und plötzlich meldete sie sich wieder, ihre Stimme überschlug sich fast. Er solle vorbeikommen. Sie habe eine Überraschung. Er fuhr hin. Mit einer schwungvollen Bewegung nahm sie eine Torte aus dem Kühlschrank. Hast du Geburtstag?, wollte er wissen. Nein! Was denn? Eine Überraschung, sagte sie erneut. Er dachte zuerst, die Torte wäre die Überraschung. Welche Sorte? Keine Ahnung, tönte es zurück. Sieht aber lecker aus. Biskuitteig, zweimal durchgeschnitten, mit jeweils einer Füllung zwischen den Schichten. Oben weißer Guss und Schokoladenstreifen. Sie schnitt die Torte in großzügige Stücke. Er sah zu, wie sie eines dieser Stücke im Mund verschwinden ließ. Tilda, sagte sie dann, ein schöner Vorname. Stimmt, antwortete er. Sie plauderten weiter. Schicksal, sagte er, als er seinen Teller von sich wegschob, das Wort Schicksal mag ich nicht. Er erzählte von seiner Abschlussarbeit an der Uni über das Thema Freiheit. Meinungsfreiheit oder Entscheidungsfreiheit? Sie atmete laut ein bei ihrer Frage. Sie diskutierten lange über den Begriff der Freiheit, Gesine bereitete währenddessen das Abendessen vor. Spargel mit Semmelbrösel. Ohne Schinken? Wir haben nie Schinken dazu gemacht, sie setzte sich. Ich wollte dir ja eigentlich etwas sagen, fügte sie an. Sie stellte Kartoffeln auf den Campingtisch in der Mitte der großen Küche. Stellte verschiedenfarbige Teller darauf. Er bekam einen blauen und eine gelbe Tasse dazu. Roten oder grünen Tee? Grünen! Während seiner Studentenzeit war er oft nur ein paar Nächte geblieben, dann wieder auf die Suche gegangen. Was war diesmal anders?, überlegte er. Wieso habe ich so viel Sitzfleisch, plötzlich? Er stand auf und ging in das Zimmer neben der Küche. Vielleicht hing es damit zusammen, dass er die Dreißig überschritten hatte. Er setzte sich in ihrem Arbeits- und Schlafzimmer auf das ausgeleierte Sofa. Hob zwei Figuren auf. Kasperletheater, rief er in die Küche. Die beiden Figuren hat mir mal eine Tante aus Westdeutschland geschickt. Er ließ die Figuren an ihren Fäden zappeln. Sie kam in den Raum: Mein Schrank, sagte sie. Ein bisschen fragil. Er betrachtete den hellbraunen viertürigen Schrank. Der Schrank ist schon mehrfach zusammengebrochen, sagte sie im Hinausgehen. Dann lief sie zu ihrer CD-Sammlung, legte Musik auf. *Carmen*. Ich bin nicht gut, wenn es um Zahlen geht, rief sie plötzlich. Ihm war nicht klar, was sie damit sagen wollte. Er folgte ihr in die Küche. Gefällt dir der Name? Sie lachte laut. Welcher Name? Er sah sie irritiert an. Er sah sie lange an: ein fast rechteckiges Gesicht. Grüne Augen. Kleiner Mund. Eng anliegendes Kleid. Badesandalen. Spargel, sagte sie mit süßer Stimme und hielt ihm die Schüssel hin: Ich bin schwanger.

Lieber einen zu viel verhaften als einen zu wenig! Das ist Gieses Position. Paul Jost steht am Fenster, blickt hinaus. Mit einer langsamen Bewegung hebt er die weiße Tasse an. Führt sie zum Mund. Möglich ist, dass die angekündigten Anschläge zu einem späteren Zeitpunkt stattfinden. Mehrere Hinweise deuten darauf hin, dass es die besagte Terrorgruppe gibt. Möglicherweise waren die Planungen für einen Anschlag noch nicht ganz abgeschlossen. Sein Blick schweift zum Ufer. Mehr Menschen als sonst sind dort unterwegs, scheinen die Sonne zu genießen. Er schaut auf einen aufgespannten Sonnenschirm direkt hinter der Häuserzeile. Die Uhren im großen Konferenzraum fallen ihm ein. Rote Sekundenstriche – unterschiedliche Uhrzeiten in Städten anderer Kontinente. Die neue Kommission, mit Vertretern verschiedener Sicherheitsbehörden, wird weiterhin bestehen. Er gehört dazu und behält seine erweiterten Befugnisse, die ihm der Staatssekretär erteilte. Noch hat man keine Personen ermittelt, keine Namen der potentiellen Terroristen. Es gibt neue Informationen des amerikanischen Geheimdienstes. Was aber sind Informationen wert, die aus Verhören von Gefangenen stammen? Das sind Fakten, sagt Giese. Fakten? Einen Nachbarn aus dem vierten Stock kann er vom Fenster aus erkennen. Schwarze Jogginghose. Shirt. Gedrosseltes Lauftempo. Sein Blick verweilt: Die Bäume am Ufer sind höher als die direkt hinterm Haus. Weiße Wolken. Bauschig. Verteilt über den Himmel. Er trinkt seinen Kaffee im Stehen. Gewöhne dich an diesen Ausblick, dachte er am ersten Tag in der neuen Wohnung. Keine Häuser gegenüber. Keine Garagen. Keine Vorgärten. Ein neuer Abschnitt meines Lebens. Gerade geschnittene Sträucher säumen das Ufer. Nie gab es hier im Haus ein längeres Gespräch mit einem der neuen Nachbarn. Man kennt sich vom Sehen. Grüßt kurz. Verschwindet lautlos hinter seiner hellen Wohnungstür. Er trinkt einen weiteren Schluck Kaffee. Anschläge seien geplant. Wir müssen sie verhindern. Mit allen Mitteln. Mit allen Mitteln? Giese jedenfalls ist jedes Mittel recht. Wo verläuft meine rote Linie, wenn es um die Grundrechte geht? Krachend stellt er die Tasse auf den Unterteller. Heute wird es darum gehen, Raster zu entwickeln. Kriterien, nach denen Personen ausgewählt werden, die man überwachen will. Telefonverbindungsdaten sollen auf Karten visualisiert und inhaltlich ausgewertet werden.

Er bewegt sich erneut zum Fenster. In der Hand seine Krawatte. *Alle Banker, die sich verzockt haben, ins Gefängnis*. Diese Überschrift las er während der Finanzkrise auf der ersten Seite einer Tageszeitung. Im Vorbeigehen an einem Kiosk. Was würde man über uns schreiben, passierte ein Anschlag? Alle Zuständigen aus den Sicherheitsbehörden ins Gefängnis? Jedenfalls würde ein Untersuchungsausschuss tagen. Alle aus dem Krisenstab würden vorgeladen werden, außerdem Mitarbeiter des Bundeskriminalamtes, des Terrorabwehrzentrums. Alle Verantwortlichen. Er stellt sich den Raum vor, die Situation, die Ansprache: Meine sehr verehrten Damen und Herren, ich eröffne hiermit die Sitzung des Untersuchungsausschusses. Zum Gegenstand der heutigen Konferenz: Am Tag XY ereignete sich ein Terroranschlag in Berlin, bei dem viele Menschen ums Leben kamen. Aufnahmen von Bild- und Tonmaterial bei dieser Konferenz sind nicht gestattet. Wegen des großen öffentlichen Interesses beschloss der Ausschuss, von der Bundesverwaltung einen Mitschnitt anfertigen zu lassen. Dieser wird zeitversetzt im Hauskanal des Bundestages zu sehen sein …

Mit einer zielgerichteten Bewegung bindet er seine hellblaue Krawatte, stellt das Frühstücksgeschirr in die Spülmaschine.

Eine lichtdurchflutete lange Halle mit transparenter Decke. Gleich zwanzig Uhr. Dann schließen die Geschäfte. Das reicht noch, denkt er, lässt eine Parfümwolke hinter sich, wechselt in den ersten Stock. Wenn Gefahr in Verzug ist, bleibt keine Zeit, einen Richter zu befragen und seine Entscheidung abzuwarten. Dunkelblau, denkt Paul Jost, als er die Herrenabteilung des Kaufhauses betritt. Dunkelblau ist eine abweisende, eine strenge Farbe, mit der man Distanz schaffen kann. Respekt. Eigentlich nicht seine Farbe, er bevorzugt hellere.

Einen dunkelblauen Anzug, hört er sich zum Verkäufer sagen.

Der junge Mann nickt und fragt: Klassisch oder Baukasten?

Wieso stellt er diese Frage? Das sieht man doch. Vielleicht ein neuer Mitarbeiter.

Klassisch!

Er sieht den Verkäufer weggehen.

Aussagen aus Verhören nehme ich sehr ernst, egal mit welchen Mitteln sie erreicht wurden, sagte Giese am Morgen. Giese setzt auf Sicherheit. Paul Jost sieht den Verkäufer mit einem Anzug in der Hand auf sich zukommen. Freundlich nimmt er den Bügel entgegen und geht damit in eine der schmalen hohen Kabinen. Am Morgen betrat er das Büro von Giese. Der grüßte kurz. Nahm dann ein Telefonat entgegen, machte eine Geste, mit der er sagte: Setzen Sie sich an den Besprechungstisch! Dann konzentrierte Giese sich auf das Telefonat. Würdigte ihn keines Blickes. Gieses dunkle Stimme klang durch den Raum, zerriss die Stille. Er lachte zwischendurch, das macht er häufiger, um die Stimmung aufzulockern. Wir treffen Entscheidungen mit weitreichenden Konsequenzen, das kann einen fertigmachen, dachte Paul Jost. Mich macht das fertig. Giese nicht. Giese wird deshalb keine schlaflosen Nächte verbringen. Giese ist kein Mensch, der im Rampenlicht stehen will, er ist ein Machtmensch.

Misslichkeiten überspielt er mit jovialen Sätzen. Und er dramatisiert gerne.

Paul Jost sieht in den Spiegel. Der Anzug passt.

Du zögerst zu lange, stellst zu viele Fragen, würde sein Vater sagen. Giese zögert nicht, wenn es darum geht, Maßnahmen durchzuführen. Jeder Mensch, der beschuldigt wird, eine strafbare Handlung begangen zu haben, ist so lange als unschuldig anzusehen, bis seine Schuld in einem öffentlichen Verfahren nachgewiesen ist, in dem alle für seine Verteidigung vorgetragenen Argumente gehört wurden. Das hätte er Giese am Morgen gerne noch einmal an den Kopf geworfen. Aber der kennt das ja. Mappen lagen über seinen Tisch verteilt. In mehreren Stapeln. Nie würde Giese sagen, wir handeln gegen die Unschuldsvermutung, er würde sagen: Unsere Aufgabe ist die Gefahrenabwehr. Die Unschuldsvermutung kann bei der Gefahrenabwehr nicht gelten. Wenn Geheimdienste Hinweise auf einen geplanten Anschlag geben, nehme ich das sehr ernst, egal aus welcher Quelle die Informationen kommen. Es wäre falsch, diese Informationen nicht zu nutzen. Mit dieser Haltung würden wir unserer Verantwortung nicht gerecht werden. Aber auch bei der Gefahrenabwehr sollten konkrete Verdachtsmomente vorliegen, argumentierte ein Kollege am Vortag, nur konkrete Verdachtsmomente können zum Einsetzen strafrechtlicher Mittel führen. Giese hat Gegner im Team. Was meinen wir überhaupt, wenn wir von Verantwortung reden?

Jetzt blickt er in den Spiegel: Was meine ich, wenn ich von Verantwortung rede?

Kein einziges privates Foto auf dem Schreibtisch von Giese. Hat er eine Frau? Eine Familie? Ist er privat genauso unnachgiebig wie im Büro? So streng? So distanziert? Oder ist er dann ein ganz anderer Mensch? Sind wir nicht alle in jeder Situation anders? Je nachdem, wem wir begegnen, was man von uns erwartet? Vielleicht hat Giese im Privaten ganz andere Eigenschaften. Warum beschäftigt dich das so?, fragte Gesine einmal, dann sagte sie: Du magst ihn nicht. Jedenfalls redet Giese nie über sein Privatleben. Keine Silbe. Heute Morgen war er ungewöhnlich gut gelaunt. Er legte auf, drehte seinen Oberkörper weg vom Fenster, hin zu Paul Jost. Eine Pause entstand, eine Pause, die anders war als vor dem Telefonat. Nicht so aufgeladen. Entspannter. Ich bin damit einverstanden, dass Sie erweiterte Kompetenzen erhalten haben, hat Giese gesagt. Dann reichte er ihm die Liste: Sie wissen, was zu tun ist! Was wir tun, ist rechtmäßig und auftragsgemäß, fügte er an. Die kühle Distanz, die Giese mit wenigen Sätzen aufbauen kann, einen Moment lang beneidet er ihn darum. Der entschlossene Mund, wenn es darum geht, sich durchzusetzen.

Der Verkäufer prüft die Hose vorm Spiegel. Prüft Schulterpartie. Ärmellänge. Endet die Hose korrekt Zentimeter über dem Absatz?

Bitte umdrehen, hört er den Verkäufer sagen. Passt wunderbar, sagt der dann. Gefällt Ihnen der Anzug?

Hätten Sie noch einen Farbton dunkler, hört Paul Jost sich sagen.

Ja, antwortet der Verkäufer knapp.

Am Nachmittag wurden die Kriterien festgelegt. Das Raster: Raum Berlin. Muslimisch. Männlich. Vorbestraft. Wer diesem Raster entspricht, soll überprüft werden.

In derselben Größe, noch etwas dunkler, sagt der Verkäufer im Weggehen.

Wer ins Raster passt, dessen Vorratsdaten will Giese auswerten lassen. Jedenfalls teilweise.

Paul Jost probiert einen zweiten Anzug an, blickt erneut in den Spiegel. Gesine fällt ihm ein. Und der Tag, an dem ihm der Rasierapparat aus der Hand geglitten ist. Sie hat hinter ihm gestanden. Sie blickten zu zweit in den Spiegel – und er hörte sie sagen: Ihr aus dem Westen, ihr seid keine Subjekte, ihr seid Projekte. Ich fühle mich so zerrieben zwischen all den Erwartungen, dachte er in diesem Moment. Aber er schwieg. Überhaupt entstanden in ihren Gesprächen lange Pausen. Er betrachtete Gesines schmales Gesicht, die grünen Augen, den kleinen Mund – und ein leises Unbehagen beschlich ihn dabei. Du mit deinen Überstunden, sagte sie, als sie die Wohnung verließ, er hörte ihre Schritte auf der Treppe lauter poltern als sonst. Vielleicht möchtest du im Blitzlichtgewitter der Fotografen stehen, hatte sie beim Frühstück gemeint, nein, war seine knappe Antwort. Ich möchte beruflich weiterkommen, das hatte er aber nicht laut gesagt. Ich möchte noch einmal durchstarten, mich beruflich ausprobieren, neue Herausforderungen annehmen, auch wenn ich jetzt noch nicht weiß, wo mich das hinbringen wird! Sie hatte ihre beruflichen Vorhaben längst aufgegeben. Abitur machen. Kunstgeschichte studieren. Sein Blick streifte die hellen Wände. Ich möchte wieder mehr den Zufällen des Lebens ausgesetzt sein, wenigstens privat. Einige Tage zuvor hatte sie eine Zeitung aufgeschlagen und gesagt: Ich suche jetzt nach einer neuen Wohnung für dich. Hier, hatte sie dann laut gerufen – mit dem rechten Zeigefinger auf eine Anzeige getippt.

Anthrazit ist keine freundliche Farbe, hört er den Verkäufer hinter sich murmeln.

Ich werde durchhalten, denkt er, bis der laufende Fall abgeschlossen ist.

Er blickt in den Spiegel. Abweisend sieht diese Farbe aus. Sie schafft Distanz.

Den nehme ich, sagt Paul Jost, bedankt sich und geht damit zur Kasse.

Mit eiligen Schritten verlässt er das Kaufhaus, das in diesen Minuten schließt. Neben ihm ein anderer Kunde, der sein gerade erworbenes helles Hemd in eine Plastiktüte steckt. Irgendwoher kenne ich diesen Mann, spekuliert Paul Jost. Der spielt im *Tatort* mit. Einen der Kommissare. Wie heißt er noch? Der Mann lächelt ihn an. Sie kommen kurz ins Gespräch. Es ist normal für mich, erklärt der Schauspieler, erkannt zu werden, ich habe mich daran gewöhnt. Freundlich schwenkt er dann in eine andere Richtung. Es war eine der ersten Gewohnheiten, die Paul Jost abstreifte. Den *Tatort* am Sonntagabend sehen. Du brauchst neue Gewohnheiten, sagte sein bester Freund aus Bonn. Frank ist seit fünfzehn Jahren glücklich verheiratet. Du brauchst eine größere Gelassenheit. Das Wort Gelassenheit kommt von Lassen. Gelassenheit entsteht, indem man etwas lässt. Einfach raus aus den Gewohnheiten, so löst man sich am besten emotional von einem Partner. Das Gehirn überschreibt die früheren Situationen und Gefühle. Wenn Frank über seine Frau redete, hörte sich alles so unkompliziert an. Das Ende von etwas fühlt sich manchmal an wie ein freier Fall. Ein Satz von Gesine, der ihm immer wieder einfällt, wenn er an die Trennung denkt. Wann hat sie den gesagt? In Bulgarien. Im Urlaub dort. Sie hatten vereinbart, ihren Urlaub abwechselnd in einem west- oder einem osteuropäischen Land zu verbringen. Gesine war als Kind oft an der bulgarischen Küste gewesen. Er saß am Swimmingpool. Neben ihm ein freundlicher Bulgare. Der drehte sich eine Zigarette und sagte auf Deutsch: Weißt du, Bulgarien ist historisch gesehen ein faszinierendes Land. Weder das Zarentum noch der Faschismus, noch der Sozialismus haben sich hier durchgesetzt. Der Kapitalismus wird es auch nicht schaffen. Und während der weiterredete, hörte er hinter sich Gesines Stimme, hörte sie diesen Satz sagen. Sie sprach mit Tilda. Tilda war damals sieben Jahre alt. Theo stapfte neben ihr her, hielt eine Holzgiraffe in der Hand. Sie forderten ihn auf mitzukommen, es gebe etwas Spannendes zu sehen. Er nahm seine Beine aus dem Pool, trocknete sie ab, folgte ihnen zum Strand. Sie liefen vorbei an den hochgezogenen Touristenhotels. Die Sonnenschirme waren alle rot und weiß, als wollte man die Idee des Sozialismus noch einmal trotzig zur Schau stellen. Gesine zeigte mit dem rechten Zeigefinger in Richtung Kran. Er blickte nach oben und entdeckte mehrere Personen. Wenn man unten ankommt, sieht die Welt ganz anders aus, hörte er Gesine zu den Kindern sagen. Eine Frau stand oben auf der Absprungplattform, angeschnallt an ein Seil. Er begriff, worum es ging. Mehrere Sekunden später sah man diesen Frauenkörper durch die Luft wirbeln und in Richtung Erde sausen. Die Schreckensschreie der Frau gingen über in Freudenrufe. Das Ende von etwas fühlt sich manchmal an wie ein freier Fall.

Zu Hause angekommen streift er die Krawatte über den Kopf, sein Blick gleitet über die Stange, an der alle seine Krawatten hängen, sortiert nach Farben, von hell bis dunkel. Wenn sein Leben doch auch so aufgeräumt wäre.

Paul Jost fährt mit dem Fahrrad von der Arbeit nach Hause. Für Momente genießt er den warmen Tag. Auf einer Wiese beobachtet er ein junges Paar. Bikini und Badehose. Andere laufen in Pullover und Winterhose vorbei. Flip-Flops stehen herum. Andlauer arbeitet erst seit ein paar Wochen in der Behörde. Mit ihm war er mittagessen. Er hat noch dessen Stimme im Kopf. Wir in der Presseabteilung können erst einmal durchatmen, seit unsere Pressemeldungen nicht mehr als Eilmeldungen über die Ticker jagen. Du ringst um jede Formulierung, weil du weißt, die Zeilen werden tausendfach gedruckt. Jeder Satz in einer Pressemeldung hat stichfest zu sein, auch wenn wir keine konkreten Hinweise haben. Eine unglaubliche Hektik war das in letzter Zeit. Jetzt sind wir endlich aus den Medien verschwunden. Andlauer ist der Einzige, mit dem Paul Jost offen reden kann. Der Einzige, der sich nicht hinter Floskeln versteckt, wenn es brenzlig wird. Ich habe veranlasst, dass Personen abgehört werden – manchmal aufgrund von Vermutungen. Ich handele gegen meine Überzeugung, meinte er zu Andlauer. Sie diskutierten lange. Unsere Beweislage ist aus dem Ruder geraten, sagte Paul Jost. Unsicher wirkte Andlauer manchmal, wenn er sprach, suchte immer wieder nach passenden Worten, blätterte zwischendurch in der Mittagskarte. Paul Jost schob die kleine Vase mit der Tulpe zur Seite und sagte: Wir schaffen die Demokratie ab, wenn wir ohne Beweise Überwachungsmaßnahmen einsetzen. Andlauer reagierte zuerst nicht, setzte sich aufrecht hin. In diesem Moment stellte die Kellnerin das Essen auf den Tisch. Als sie außer Hörweite war, redeten sie weiter. Wir wissen aber von der Sauerlandgruppe, wie wichtig die abgehörten Telefonate bei der Ermittlung waren. Wir hätten sie sonst nicht rechtzeitig festnehmen können. Die Protokolle abgehörter Gespräche waren bei den Verhören dieser Terroristen ein zentrales Beweismittel. So konnte man die Tatabsicht nachweisen. Ja, sagte Paul Jost, wenn eine konkrete Gefahr besteht, bin ich auch dafür, rund um die Uhr die Telefonate abzuhören. Wir lassen seit gestern Verbindungsdaten auswerten und Profile erstellen von Menschen, die vermutlich nicht vorhaben, einen Anschlag auszuführen. Sie entsprechen aber einem Raster. Und: Diese sind für mich keine Basis für Maßnahmen. Gibt es eine andere Möglichkeit? Andlauer machte beim Sprechen eine ungeschickte Handbewegung. In diesem Moment setzten sich Gäste an den Nebentisch, sie wechselten deshalb das Thema.

Paul Jost beobachtet, wie die Frau im Bikini dem Mann die Brille von der Nase nimmt und ihn mit einer festen Handbewegung vom Sitzen zum Liegen bringt. Paul Jost schwenkt dann in eine andere Richtung, stellt sein Fahrrad vor einer Tankstelle ab. Es gibt keinen Supermarkt in der Nähe seiner Wohnung. Deshalb kauft er oft auf dem Weg nach Hause Kleinigkeiten an der Tankstelle ein. Die Tür zum Gebäude springt auf, vorsichtig geht er hinein. Der Mitarbeiter hinter der Theke hebt kurz den Kopf, er hat kleine Häkchen auf einem Zettel gemacht, schiebt den Schichtzettel nun zur Seite und wendet sich dem Kunden zu.

Ein Brötchen mit Frikadelle, sagt Paul Jost, einen Coffee to go. Und ein Shampoo. Dann blickt er auf sein Smartphone. Eine SMS von Frank. Seit ihrer Kindheit in Bonn kennen sie sich. Er klickt die Nachricht auf, liest: Wo treffen wir uns, steht da – mit zwei Fragezeichen. Er klickt die SMS weg und bewegt sich zu den Getränkeschränken.

Dort checkt eine Mitarbeiterin die Grifflücken, notiert sie und rückt kurz zur Seite, damit er eine Flasche Cola herausnehmen kann.

Dunkel sehen die vielen Scheiben des Ministeriums in der Dämmerung aus. Er läuft an einem der beiden Springbrunnen vorbei. Die große Kugel dreht sich im Wasser. Lautes Plätschern. Irgendwo zwitschert eine Amsel. Gestern nach der Konferenz gab Giese allen die Hand. Seine Hand war feucht, das erstaunte Paul Jost. Ist Giese wirklich so cool, wie er tut? Nie lässt er durchblicken, was er wirklich denkt. Giese hat wahrscheinlich von Anfang an auf eine hohe Position gesetzt. Auf Verantwortung. Paul Jost blickt nach oben. Das Lagezentrum im zehnten Stock wird rund um die Uhr belegt und hell sein. Was würde Giese sagen, machte er jetzt einen Rückzieher? Wenn er sagen würde: Ich handele gegen meine Grundsätze, bin den Anforderungen dieses Jobs nicht gewachsen. Gebe auf. All das dachte er in der Nacht, als er schlaflos blieb. Sie haben keinen Arsch in der Hose, würde Giese vielleicht antworten – oder sich einfach abwenden. Gestern Abend räumte er die in der Tankstelle gekauften Lebensmittel ein und überlegte anschließend zusammen mit Frank am Telefon, wo sie sich treffen könnten. Nicht in der Gegend in Mitte mit den schicken Boutiquen, lieber in einer rheinischen Kneipe, schlug Frank vor.

Paul Jost beschleunigt seine Schritte. Morgen werden die Auswertungen der ersten Bewegungsprofile gezeigt. Vielleicht stelle ich mich einfach nur blöd an, überlegt er. Ich wollte ja unbedingt diese Aufgabe, wollte mir beweisen, dass ich den Anforderungen gewachsen bin. Paul Jost schlägt den Kragen hoch, später Abend, kühles Licht.

Frank blieb in Bonn, lebt nur wenige Straßen von seinen Eltern entfernt, arbeitet im selben Beruf wie sein Vater. Er ist eine Kapazität auf dem Gebiet der Organtransplantation. War der Erste aus der Abiturklasse, der beruflich durchstartete, der Erste, der eine Familie hatte, ist noch immer mit seiner Frau aus der Studentenzeit zusammen. Ich wusste nach dem Abitur nur, was ich nicht wollte, vergegenwärtigt sich Paul Jost. Ich wollte nicht in Bonn bleiben, nicht Architekt werden, ich wollte weg. Nur weg. Alles sollte anders werden. Nicht so leben wie meine Eltern. Ausprobieren, was zu mir passt. Frank wusste, was er wollte, ich probierte aus. Mir gefiel Berlin, mir gefielen die vielen Baustellen damals, das Unfertige, Vitale. Eine Stadt wie ein offener Raum, alles in Bewegung. Ich bin in den neunziger Jahren nach Berlin gezogen, weil sich für mich mit dieser Stadt die Hoffnung verband, die richtige Lebensform zu finden.

Paul Jost ist vor Frank am vereinbarten Ort, sucht einen Platz in der Nähe der Fenster aus. Seine Augen streifen Fotos an den Wänden, mit Politikern der Bonner Republik. Schwarz-weiß. Eine Frau im Raum fällt ihm auf. Woher kennt er sie? Aus der Philharmonie? Ja, da sah er sie kürzlich. Im Kassenraum der Philharmonie. Eine Asiatin. Ihre Hose reicht bis knapp über die Knie. Die trug sie auch an diesem Abend. Neben ihr auf dem Stuhl eine kleine zusammengerollte Luftmatratze, eine Luftpumpe, ein hellroter Rucksack. In der Philharmonie hielt sie ein Schild in der Hand mit dem Satz: Möchte mir jemand eine Eintrittskarte schenken? Sie hielt es immer mal wieder hoch. Zwischendurch aß sie. Aus einer kleinen Plastikdose nahm sie belegte Brote. Aus einer silbergrauen

Thermoskanne goss sie Tee in den gelben Plastikbecher. Und mit Papierstreifen, die es in Toilettenvorräumen gibt, wischte sie sich zwischendurch die Hände ab. Jetzt sitzt sie über einer Suppe und ordert noch ein zweites Körbchen Brot.

Frank betritt den Raum. Er hat sich nicht verändert. Brille mit runden Gläsern, Jeans, Hemd, dunkelbraune Haare. Und eine ungewöhnlich hohe Stimme.

Lange nicht gesehen, sagt er laut.

Stimmt! Ist länger als ein Jahr her!

Zwei Kölsch, oder?

Sie reden bis kurz vor Mitternacht. Ich hadere gerade mit meinem Job, sagt Paul Jost im Laufe des Abends mehrfach. Er sieht, wie die Frau sich Brot einpackt, aufsteht und geht.

Es ist eine Rolle, die man beruflich auszufüllen hat, erklärt Frank ihm. Nicht du als Mensch bist gefragt, sondern deine Funktion zählt. Andere Mitarbeiter solltest du nicht in ihrer Komplexität sehen, sondern in ihrer Funktion. Du darfst keine Angst haben, keine Panik kriegen, das führt zu Fehlentscheidungen. Ein kühler Kopf ist immer wichtig.

Ein kühler Kopf, widerspricht Paul Jost, ist in meinem Job leider nicht immer möglich.

Und beim Abschied empfiehlt Frank: Eine innere Distanz zur Arbeit finden, die Arbeit ganz vom Privaten trennen. Einen Moment lang bewundert er Frank, bewundert ihn für die Selbstverständlichkeit, mit der er alles macht.

Eine innere Distanz zur Arbeit finden. Paul Jost bricht auf in Richtung Wedding. Name und Adresse eines Mannes dabei, der dort wohnt und mit gewisser Wahrscheinlichkeit zu einem terroristischen Netzwerk gehört. Noch ist die Gefahr abstrakt. Dieser Mann wird dennoch rund um die Uhr telefonisch überwacht. Paul Jost verlässt die Wohnung ohne Aktentasche, schwingt sich auf sein Fahrrad. Gemächlich fährt er über die Spreepromenade. Heute ist Samstag, keine Hektik. Er blickt auf zu hellen Blüten, atmet Sommerluft. Fährt vorbei an Linden und Birken. Vorbei an einer Sommerwiese mit Margeriten, und an einer Bank, auf der ein Mann in Uniform schläft, einen alten Teppich unter seinem Körper, eine gefüllte Einkaufstüte als Kopfkissen. Etwas weiter entfernt sitzen drei Damen mit Perlenketten. Er prescht in Richtung Holsteiner Ufer. Die Straßen sind mit rot-weißen Bändern abgesperrt, die Bänder zappeln im Wind. Polizisten stehen herum. Vor Schloss Bellevue parken mehrere Polizeiautos. Staatsbesuch, hört er einen der Polizisten rufen. Hättest du deine Ehe nicht retten können? Das hat Frank mehrfach gefragt. Es fehlte nicht an Versuchen, erzählte er Frank. Wir könnten auch mal einen Sonntag alleine verbringen, ohne die Kinder, hatte er Gesine häufiger vorgeschlagen. Einmal ließ sie sich darauf ein. Dann saßen sie zu zweit im Auto. Tilda und Theo waren auf einem Ponyhof. Vielleicht hilft das, sagte er hoffnungsvoll zu ihr und startete den Motor. Vor einigen Jahren hätte das bestimmt geholfen, antwortete sie. Dann fügte sie an: Damals, als man das Wort Kuss noch mit ß schrieb, damals, dachte er, als sie sich etwas mehr Mühe gegeben hatte, als sie sich mehr für mich interessierte als für die Mandarine, die sie gerade schälte. Du bist ein Möglichkeitsmensch, ich nicht. Du fragst, was könnte ich noch alles machen im Leben? Ich nicht. Ich bin zufrieden damit, wie mein Leben abläuft, sagte sie und blickte dabei aus dem Fenster.

Er dachte in diesem Moment an Tildas Zimmer, daran, wie er wenige Tage zuvor in diesem Zimmer stand und überlegt hatte, ob er sich trennen sollte von Gesine – in diesem Moment fiel ihm ein Zettel an der Wand auf: Lebe so, dass alle sich langweilen, wenn du mal nicht mehr leben solltest. Trennung kommt nicht in Frage, hatte er dann gedacht. Lass uns zusammenbleiben, bis die Kinder Abitur haben. Diesen Satz hätte er im Auto fast zu ihr gesagt. Aber er lächelte sie nur hilflos an. Wir sollten öfter mal etwas ohne die Kinder machen, die freuen sich doch über jedes Wochenende auf dem Ponyhof. Sie lächelte auch, griff kurz nach seiner rechten Hand. Wirkte für Momente sehr versöhnlich. Er atmete laut hörbar ein und aus. Gesine zündete sich eine Zigarette an, blies den Rauch in weißen Kringeln in die Luft. Sie fuhren Richtung Uckermark. Bilde dir bloß nicht ein, dass ich noch einmal mitkomme zu deiner Therapeutin, sagte er, kurz bevor sie ankamen. Sie antwortete: Ich möchte, dass Tilda und Theo zur Jugendweihe gehen. Auf der Rückfahrt sagte er: Tilda und Theo zur Jugendweihe? Das ist ein Relikt aus DDR-Zeiten. Wir leben im einundzwanzigsten Jahrhundert. Man kann das auch heute noch machen, antwortete sie, im Friedrichstadt-Palast. Alle Freundinnen von Tilda wollen zur Jugendweihe gehen. Mir ist das wichtig, fügte sie hinzu. Eine Endlosdiskussion entstand. Machten ihr die Streitereien weniger aus als ihm? Es kann nicht sein, dass unsere Ehe am Ende ist, aber es ist so, sinnierte er. Wir könnten doch mal wieder durch den Sommerregen laufen, wie zu Beginn unserer Ehe, weißt du noch, fügte er an. Sie drehte ihr Gesicht weg und antwortete: Das ist nicht mehr mein Traum. Als würde man einen Felsbrocken den Berg hinaufrollen und als würde der dann wieder hinunterrollen, und die ganze Arbeit von vorne beginnen. So fühlten sich die Diskussionen mit Gesine an. Wenige Tage später erzählte ihm Tilda, dass sie mit ihrer Mutter schon vor längerer Zeit mal nach einem Kleid für die Feier geschaut hätte. Gesine fragte ihn nicht mehr, sie machte das, was sie wollte. Ich lasse mir von dir nicht ständig vorschreiben, was zu tun ist, schnaubte sie ihn an.

Wedding. Er biegt in die Straße ein, in der dieser Mann wohnt. Seine Verbindungsdaten werden jeden Tag ausgewertet. Gestern erstellte man Bewegungsprofile:

7:30 Uhr: Zielperson verlässt die Wohnung.

7:45 Uhr: Zielperson nimmt die S-Bahn ab Osloer Straße zur Arbeit.

8:10 Uhr: Zielperson betritt seine Arbeitsstelle.

…

Alle Orte, an denen sich diese Person aufhält, dargestellt auf einer Karte. Paul Jost parkt sein Fahrrad an einer Laterne und läuft durch die Straße. Eine lange und ruhige Straße. Der Mann wohnt unweit der Moschee, in der er betet. Die Moschee ist ein rechteckiges Gebäude mit Wendeltreppe. Geschlossen, wenn nicht gebetet wird. Bei dem Mann handelt es sich um einen Deutschen, der zum Islam konvertierte. In einem Eckhaus wohnt er. Blickdichte Gardinen. An einem der Fenster des Hauses im oberen Stockwerk hängt ein gebastelter Stern. Ein Bürgerladen neben dem Haus. Auf dem Gehweg spielen Kinder, mit Kreide malen sie Striche und Kreise – oder spielen Frisbee. Der Mann wird rund um die Uhr abgehört. Gestern stand die Frage im Raum, ob man seine Wohnung durchsuchen lässt.

Der Terror gefährdet die Grundrechte, wir tun das auch. Ungeduldig dreht sich Paul Jost um. Wieder die Ansagestimme. Leise diesmal. Verhuscht. Jetzt eine konkrete Ansage: Der Flug nach Köln startet mit zwei Stunden Verspätung. Was tun? Den Termin in Köln beim Verfassungsschutz absagen? Einen Zug nehmen? Der Termin ist wichtig. Durch die Hallen laufen, bis man seine Füße spürt? Irgendwo hinsetzen? Er beschließt zu warten. Eine Besprechung über effektivere Maßnahmen bei Abhörmethoden soll es werden, morgen früh in Köln. Umringt ist er von Wartenden und schlechter Laune, denn einige Flüge wurden ganz abgesagt. Hunderte drängeln sich vor den großen Flachbildschirmen, weiße Buchstaben flirren über schwarze Ankündigungsflächen, ordnen sich zu genauen Angaben über Orte und Abflugzeiten. Zwei Stunden Zeit. Männer in Maßanzügen, Menschen in Jeans und Pulli laufen an ihm vorbei, Rucksäcke geschultert, Koffer hinter sich herziehend. Einige der Reisenden verlassen ungehalten den Wartebereich, andere hoffen noch auf erfreuliche Informationen. Bis Mitternacht werden nur noch zehn Flüge realisiert, der Rest fällt dem Streik zum Opfer, heißt es dann über die Sprechanlage. Einen Kaffee trinken? So die zwei Stunden überbrücken? Wieder eine Ansage, diesmal mit klarerer und verständlicher Stimme. Und wieder Reisende, die grollend ihr Gepäck hinter sich herziehen. Automatische Türen springen auf, schnarren zu. Menschen verschwinden hinter diesen Glastüren in der Dämmerung. Geschäftsleute verriegeln ihre Eingangstüren. Parfüm, Handtaschen, Pralinen verschwinden hinter Rollläden. Er bewegt sich in eines dieser globalisierten Cafés, die an jedem Flughafen der Welt gleich aussehen. Gelbe und grüne Hinweisschilder um ihn herum, außerdem das dröhnende Geräusch von Rollkoffern. Er nimmt an der Theke Platz, bestellt Kaffee ohne Milch und Zucker. Blickt sich um. Mit wem sitzt er hier? Vermutlich mit Geschäftsreisenden, Pendlern und Berlin-Touristen.

Wie heißen Sie mit Vornamen?, fragt ihn die Frau hinter der Theke. Ihre Haare sind hochgesteckt. Sie lächelt.

Paul, antwortet er etwas erstaunt.

Dann sieht er, wie sie seinen Vornamen mit einem blauen Stift auf den Pappbecher schreibt, erblickt die Vornamen auf den Bechern um sich herum. Ich sitze also mit Klaus und Hermann hier. Die Namen auf weiteren Bechern kann er von seinem Platz aus nicht erkennen. Er bedankt sich. Jetzt könnte ich die Zeit mit banalen Gesprächen füllen. Hermann oder Klaus in ein Gespräch verwickeln. Von wo? Nach wo? Wie lange? New York ist auch nicht mehr das, was es einmal war. Er schweigt, nippt an seinem Kaffee und beobachtet, wie eine Gruppe in Richtung Ausgang hastet, sieht, wie einzelne Leute sich umständlich durch Drehtüren schieben mit dem ganzen Gepäck. Nur noch die Passagiere hier, die Glück haben, dass sie heute fliegen können. Ich habe Jura studiert, um die Grundrechte zu wahren, nicht um sie aufzugeben. Er schlägt eine Zeitschrift auf, blättert.

Noch einen Kaffee, sagt er nach einiger Zeit, und wieder steht ein beiger Becher mit seinem Vornamen vor ihm. Man hat nichts zu tun und fühlt sich irgendwie beobachtet. Dann blättert er in Abhörprotokollen, liest einige. Die dunkle Anzeigetafel zeigt den Flug nach Köln an – danach noch einen nach Istanbul. Die restliche Fläche der Tafel ist leer. Esma fällt ihm ein, er hätte sich bei ihr melden können. Vor einigen Monaten ist sie ihm in Istanbul zufällig begegnet, sie verabredeten sich zu einem

Tee, plauderten. Als er nach Hause kam, begegnete ihm Gesine im Flur. Er ließ seinen kleinen Koffer auf den Boden fallen. Warst du in Rumänien oder in Spanien? Sie lief dann in ihrer Relaxhose an ihm vorbei, einen kleinen Rechen in der Hand. Erstaunt sah er ihr nach. Ich war in Istanbul. Als er das sagte, war sie schon aus dem Haus. Irritiert lief er ins Esszimmer. Mit Kollegen, wollte er noch anfügen. Warum tat sie so, als wüsste sie das nicht? Und vor allem der Ton, in dem sie redete. Hat sie überhaupt keine Sehnsucht nach ihm? Als er sich vor der Abreise verabschiedet hatte, nickte sie ihm nur kurz zu, ja, ja, fahr doch weg! Nach seiner Rückkehr wirkte sie so ungewöhnlich fröhlich. Er lief die Treppe hinauf, um nach den Kindern zu sehen. Tilda kritzelte Sätze auf ein Blatt Papier. Theo malte. Froh war er, der Familie für ein Wochenende entflohen zu sein, samstags nicht eine gefühlte Ewigkeit an der Supermarktkasse angestanden zu haben, zuzusehen, wie Theo im Einkaufswagen Salat- oder Blumenkohlblätter zerrupfte, keine Ausflüge in die Umgebung, keine zu den Schwiegereltern. Er lief weiter in das gemeinsame Schlafzimmer. Ich hier und du im anderen Raum. Auf Gesines Nachttisch erblickte er eine Taschenlampe. Eine Frau braucht eine Taschenlampe, sagte sie an dem Abend, an dem er sie kennengelernt hatte. Einen Zeitschriftenstapel nahm er wahr, Zeitschriften, die sie aufgehoben hatte, um mal wieder darin zu lesen, sie lagen in der Ecke. Dieser Raum gehört mir, hatte sie wenige Tage zuvor über das gemeinsame Schlafzimmer gesagt. Auf ihrem Nachttisch befanden sich Gartenbücher, seiner war leergeräumt, die Reiseführer entfernt, die dort lagen. Er dachte: Am schlimmsten wird es für die Kinder. Dann nahm er eine Jacke aus dem Schrank und Kleidung für den nächsten Tag. Schon seit einiger Zeit schlief er in seinem Arbeitszimmer im Erdgeschoss. Lange vorbei die Zeiten, in denen man abends zu einer Ausstellungseröffnung in Mitte ging, lässig ein Glas Sekt in der Hand hielt und über die Bilder an den Wänden plauderte. Lange vorbei die Zeiten, in denen man abends zusammen fernsah. Du hast doch eine Familie, warum läufst du dauernd weg, hatte sie ein paar Tage vorher zu ihm gesagt. Sie wirkte so ausgeglichen. Ausgeglichen ist vielleicht das falsche Wort. Er ging in sein Arbeitszimmer, sah sie von seinem Fenster aus auf der Terrasse. Sie hatte Gäste eingeladen. Nachbarn. Und einige Freundinnen. Man grillte. Schenkte Getränke aus. Lachte. Ich interessiere mich nur für das Jetzt und Hier. Diesen Satz hatte sie wenige Tage zuvor gesagt. Er versuchte, sich auf seine Arbeit zu konzentrieren, an einer Rede für den Minister schrieb er. Über Freiheit und Sicherheit. Ihre Sätze verwischten manchmal in seiner Erinnerung. In seinem Arbeitszimmer standen juristische Bücher, Jacken hingen an Kleiderhaken. Ein paar CDs plus Abspielgerät standen auf dem kleinen Schreibtisch. Er hätte einfach hinausgehen können, mitfeiern. Ihm wurde mit jedem Tag klarer, dass das Gemeinsame der Ehe zusammengeschrumpft war auf die Erziehung der Kinder. Der Alltag angefüllt mit Kleinigkeiten und Streitereien. Immer wieder blickte er hinaus. Vielleicht bin ich ihr einfach zu viel? Die Kinder, der Bürojob, die Hausarbeit, der Garten. Genügte das nicht? Vielleicht wäre das Leben ohne mich für sie leichter? Weniger Streit. Weniger Kompromisse. Die glücklichen Tage der ersten Jahre sind ohnehin vorbei. Ich möchte nicht weglaufen, ich brauche manchmal einfach etwas Abstand, ein paar Stunden für mich, dachte er. Sein Blick schweifte vom Grill auf die

Terrasse zu den Papptellern, die seitlich abgestellt waren, dann zu den Hecken am Ende des Grundstücks. Gesine hatte sie gepflanzt. Damit nicht jeder gleich in unser Leben blicken kann. Zum ersten Mal war das Paar von gegenüber eingeladen. Sie Französin, er aus Schwaben, vor wenigen Wochen waren sie in den Neubau eingezogen. Neben dem Sandkasten lagen blaue und rote Förmchen, Theo spielte schon lange nicht mehr damit. Man stand um den Grill, legte Bratwürste nach, Gemüse. Man schien sich bestens zu unterhalten. Er versuchte, sich an die Geräusche von draußen zu gewöhnen. Unregelmäßig waren die, manchmal laut. Würde sie ihn überhaupt vermissen, wenn er ginge? Er blätterte im Pressespiegel. Dann klopfte es. Er blickte nach draußen. Gesine konnte es nicht sein, sie stand auf der Terrasse. Wenige Sekunden später streckte die rothaarige Freundin von Gesine ihren Kopf durch die Tür und fragte: Willst du was vom Grill? Er verneinte. Eine Stille entstand. Er hörte sie Luft holen, ausatmen, noch einmal Luft holen und dann sagte sie: Ihr habt euch auseinandergelebt. Mehr sagte sie nicht. Er hörte, wie sie die Tür wieder schloss. Er brach seine Arbeit an der Rede ab, die Konzentration war nachhaltig gestört, er geriet völlig aus dem Takt. Hatte Kopfschmerzen. Er überlegte, was er mitnehmen würde. Von den gemeinsamen Möbeln.

Die Frau, die eben noch Namen auf Becher geschrieben hat, säubert jetzt mit flinken Bewegungen die Kaffeemaschine. Sie blickt nicht mehr zu ihm. Paul Jost schiebt seinen Pappbecher weg, greift nach dem schmalen Handgepäck, um noch eine Runde zu drehen. Stille. Auch das Geschirrklappern hat aufgehört. Ungewöhnliche Stille. Und Kunstlicht. Glänzende Stellen am Boden. Alles wirkt leer und ungemütlich. Am Boden eine Maus, ziellos schwirrt sie umher. Schwirrt in einen anderen Raum. Neonschrilles Licht. Schmieriger Glanz. Die Überwachungskameras sind noch aktiv, nehmen jetzt Bilder von ihm auf. Es stört ihn nicht. Er hat sich daran gewöhnt. Sie gehören zu seinem Leben. Auch an den Rändern des Raumes, an den Automaten, den Flugschaltern, herrscht jetzt Ruhe. Feierabend. Er macht eine verlorene Handbewegung. Dann läuft er Richtung Gate.

Paul Jost betritt den Aufzug. In den siebten Stock möchte er. In sein Büro. Der Aufzug fährt los, hält an, Türen springen auf. Aber er befindet sich nicht im siebten Stock. Sondern im zehnten. Hat er die falsche Zahl geklickt? Es ist ihm in diesem Moment egal. Er bewegt sich Richtung Presseraum. Sein Blick schweift über das Parkett, dann über die beiden dunklen Rednerpulte, Flaggen dahinter. Die Rede vor ein paar Wochen fällt ihm ein, dicht gedrängte Journalisten in diesem Raum. Jetzt ist außer ihm keiner da. Keine Rede. Keine Fotogeräusche. Mit einer schnellen Bewegung zieht er seine Krawatte auf, öffnet den oberen Knopf des Hemdes. Angespannt lehnt er sich ans Fenster, blickt nach draußen. Die Fenster lassen sich auf den oberen Etagen des Gebäudes nicht öffnen. Er blickt auf begrünte Teile eines Daches, über rote Dächer mit kleinen rechteckigen Fenstern hinweg: Vor ihm ein Ausschnitt des Stadtteils Moabit. Sie haben keinen Arsch in der Hose, hat Giese vor wenigen Tagen zu ihm gesagt. Draußen flirrendes Sommerlicht. Giese machte seine Position noch einmal klar: Wir haben die Verantwortung, dass kein Anschlag verübt wird. Und dafür ist jedes Mittel recht. Paul Jost schließt den oberen Knopf des Hemdes wieder. Wie weit darf ein Staat gehen? Für das Abhören von Telefonaten und das Durchsuchen einer Wohnung braucht man normalerweise einen Richterbeschluss. Ich habe die Befugnis, ohne Rücksprachen solche Maßnahmen anzuordnen. Handeln Sie schnell, wenn Gefahr in Verzug ist, er hat noch diesen Satz des Staatssekretärs im Kopf. Wir haben im vorliegenden Fall nicht genügend Beweise, tappen im Dunkeln. Dieser Journalist ist mit großer Wahrscheinlichkeit unschuldig. Eigentlich geht es nur noch darum, sich anzupassen und keine Fehler zu machen. Er blickt hinab auf die schmale Straße, sieht, wie ein Auto ungeschickt eingeparkt wird. Aus diesem Leben springen? Einfach so ein Gedanke, den er gleich wieder wegwischt. Sie haben die Verantwortung! Reagieren Sie schnell. Geben Sie klare Anweisungen. Sie haben Dienst, rund um die Uhr, lassen Sie Ihr Diensthandy angeschaltet. Sein Vater fällt ihm ein. Er blickt über den niedrigen Teil des Gebäudes, über Gras, verstreute Blumen. Ein unvertrauter Anblick. Ich hätte in Bonn bleiben können. Wie Frank. Hätte ein paar Straßen entfernt von meinen Eltern wohnen und Architektur studieren können, hätte denselben Beruf wie mein Vater ausüben und dessen Büro übernehmen können. Oder: Er hätte es bei einem Verwaltungsjob belassen können, einer ruhigen Tätigkeit – oder beim Auswerten der Internetpropaganda von Islamisten hier in der Abteilung Öffentliche Sicherheit. Ich aber wollte weiter, weiterkommen, mehr machen, mehr Verantwortung übernehmen. Er zieht die Krawatte wieder fest. Ich habe Jura studiert, um mich für die Grundrechte einzusetzen, sie zu wahren, nicht um sie auszuhebeln. Wir dürfen nicht zulassen, dass unsere Werte missbraucht werden, heißt es in jeder Diskussion der Sonderkommission *Komet.* Wir haben alle dasselbe Ziel: einen Terroranschlag verhindern. Aber wir sind uns nicht immer einig, welche Mittel wir dafür in welchem Umfang am besten einsetzen, wie weit wir gehen wollen bei der Einschränkung von Grundrechten. Giese ist jedes Mittel recht, ich wäge ab. Wir haben einen Journalisten im Visier. Er steht im Verdacht, Texte für die Internetpropaganda einer Terrororganisation zu schreiben. Aber reicht dieser Verdacht aus, um seine Wohnung durchsuchen zu lassen? Kann ich einem Menschen, ohne ausreichende Beweise, das Recht auf die Unversehrtheit seiner Wohnung entziehen? Maßnahmen zur Gefahrenabwehr können nicht erst dann erfolgen, wenn die Schuld einwandfrei feststeht. Nun hat dieser Journalist eine Reise nach Afrika gebucht. Es besteht Fluchtgefahr. So wurde eben argumentiert. Wir wissen nicht genau, ob Fluchtgefahr besteht. Wir interpretieren Tatsachen und versuchen, vorläufige Anhaltspunkte zu finden. Die Buchung einer Reise nach Afrika ist noch kein Beweis dafür, dass jemand gefährlich ist. Oder? Die Stimmung in den Konferenzen hat sich verändert. Gieses Position setzt sich allmählich durch. Es gibt zwei Möglichkeiten, hieß es: Wir lassen die Wohnung dieses Journalisten durchsuchen, wir lassen ihn in Untersuchungshaft bringen. Finden wir dann heraus, dass sich die Vorwürfe gegen ihn bestätigen, er also in terroristischer Absicht unterwegs ist, dann haben wir richtig gehandelt. Finden wir heraus, er ist unschuldig, seine Wohnung wurde zu Unrecht gestürmt, dann müssen wir das eben zähneknirschend hinnehmen. Wir wollen ja das Richtige, nämlich Sicherheit gewährleisten, die Bevölkerung schützen. Man stelle sich vor, der Mann ist wirklich der Drahtzieher eines möglichen Anschlags! Wie würden

Sie dann das Versäumnis, seine Wohnung durchsuchen zu lassen, rechtfertigen? Wie würden Sie diese Unterlassung rechtfertigen? Terroristen, so ein Hauptargument, geht es nicht um Sachschäden, sondern darum, Menschen zu töten. Wenn Geheimdienste Hinweise auf einen geplanten Anschlag geben, nehme ich das sehr ernst, argumentierte Giese noch einmal. Maßnahmen zur Gefahrenabwehr können nicht erst dann erfolgen, wenn die Schuld der Verdächtigten zweifelsfrei nachgewiesen ist. Auch bei der Gefahrenabwehr müssen konkrete Verdachtsmomente vorliegen, um gegen jemanden Maßnahmen einzusetzen, argumentierten Paul Jost und Teschke, sonst schaffen wir die Rechte ab, für deren Einhaltung wir zuständig sind. Nicht handeln, warten, bis etwas passiert, wollen wir das? Er sieht, wie auf der Straße ein Auto rückwärts eingeparkt wird. Ist Sicherheit nur gegen Unrecht zu haben? Stell dich nicht so an, würde sein Vater jetzt sagen. Warum stellst du dich immer so an? Das hat er oft im Sommer gesagt. Im Freibad. Wenn er in der Nähe des Beckenrandes saß und seinem Sohn beim Kraulen zusah. Vater stoppte die Zeiten und war nie zufrieden. Geht das nicht ein bisschen schneller? Stell dich nicht so an. Ich rackerte mich ab, die schwarzen Streifen des Bodens unter mir im Blick, seitlich irgendwo eine Rutschbahn, über die andere Kinder vergnügt ins Wasser platschten. Kraulen, diese peitschenden Bewegungen aus der Hüfte heraus, rechter Arm, linker Arm. Beinschlag und Armzug hat sein Vater ihm beigebracht. Im Leben kriegst du auch nicht alles geschenkt. Streng dich an. Zeig, dass du mehr kannst. Nachdem er kraulen gelernt hatte, saß der Vater in der Nähe des Beckenrandes, gelegentlich war die Mutter dabei, und Paul Jost hörte vom Wasser aus, wie sich beide unterhielten. Er strampelte sich im Wasser ab, schwamm manchmal zum Beckenrand, um zu hören, was die beiden sagten. Das kann man auch schneller machen. Zehn Bahnen, das ist wirklich nicht viel. Paul Jost entwickelte beim Schwimmen das Gefühl, nicht mithalten zu können. Als er größer war, ging er abends schwimmen, alleine, vorzugsweise während der Dämmerung. Er mochte das abnehmende Licht, die verschwimmenden Konturen und Lichtflecke, die übers Wasser glitzerten. Er wollte in Ruhe schwimmen. Und damals, schwimmend, beschloss er, sein Leben anders zu leben als die Eltern. Er schwamm täglich, warf ab und zu einen Blick zum Trainer, der aber begriffen hatte, dass er sich um ihn keine Sorgen zu machen brauchte. Er verlangsamte oder beschleunigte seine Bewegungen, wie es ihm gerade passte, ignorierte die Uhr im Schwimmbad. Das Wasser fühlte sich an wie eine zweite Haut. Nichts störte ihn, weder ein wolkenverhangener Himmel noch der intensive Chlorgeruch. Mein Leben soll einen anderen Grundriss bekommen.

Großes Unrecht, das Menschen widerfahren ist, großer Schmerz, der ihnen zugefügt wurde, braucht Generationen, um zu heilen. Der Zweite Weltkrieg war so ein Unrecht. Er hat die natürliche Ordnung zwischen Großeltern, Eltern und Enkeln zerstört. Diesen Satz las Paul Jost vor wenigen Wochen. Der Vater redete nie viel über seine Erlebnisse im Zweiten Weltkrieg. Der Großvater kehrte nicht aus dem Krieg zurück. Der Vater fasste seine Erlebnisse zusammen mit den Worten: Vater verloren, ausgebombt, evakuiert. Wahrscheinlich ist mein Vater mit dem Gefühl aufgewachsen, keinen Boden unter den Füßen zu haben. Er erinnert einen Streit mit seinem Vater vor vielen Jahren. Beruflich hast du alles erreicht, sagte er sehr laut zu seinem Vater, aber deine Seele ist eine Wüste. Dass sein Vater an einer seltenen Stoffwechselkrankheit leidet, hat der erst vor wenigen Monaten beiläufig erwähnt. Vielleicht lebt er nicht mehr lange, dachte Paul Jost, als sein Vater die Krankheit erwähnte. Was soll ich tun, damit er mich endlich akzeptiert, wie ich bin, mit allen Fehlern, und mir nicht bis ans Ende seiner Tage das Bild vorhält, das er von mir hat?

Paul Jost dreht sich vom Fenster weg und läuft zurück zum Aufzug. Eine Wohnung ohne Richterbeschluss durchsuchen lassen. Er stellt sich die Situation im Untersuchungsausschuss vor, würde ein Anschlag verübt. Sie, Herr Jost, hatten die Möglichkeit, die Wohnung dieses Mannes rechtzeitig durchsuchen zu lassen, damit hätte man den Anschlag möglicherweise verhindern können. Sie waren mit der entsprechenden Befugnis ausgestattet. Aber Sie haben diese Handlung unterlassen. Warum? Was würde er auf diese Frage im Untersuchungsausschuss antworten? Es gab nach meinem Dafürhalten zu wenig konkrete Anhaltspunkte. Die Wahrscheinlichkeit, dass man in diesem Fall die Wohnung eines Unschuldigen durchsuchen lässt, schien mir zu groß. Die Maßnahme schien mir unangemessen und nicht verhältnismäßig. Deshalb habe ich mich dagegen entschieden. Ich wehre mich aber gegen den Vorwurf, ich hätte fahrlässig gehandelt. Nach meiner Bewertung war eine Wohnungsdurchsuchung ganz und gar nicht verhältnismäßig. Was, wenn dieser Journalist einen Anschlag vorhat – und ich habe ihn nicht verhindert? Wie würde ich dann weiterleben? Beruflich? Privat? Wie würde ich, wäre der Mann doch gefährlich, damit leben, die Durchsuchung der Wohnung unterlassen zu haben? Was wird aus mir, wenn mir in den nächsten Wochen ein großer Fehler unterläuft? Aus meinem Leben?

Die Türen des Aufzugs springen auf: Lieber einen zu viel festnehmen als einen zu wenig! Er schließt sich der Position von Giese an.

Zeitig wird er wach. Noch bevor der Wecker Musik abspielt. Geweckt vom frühen Sonnenlicht. Er dreht sich zur anderen Seite. Sieht die roten Digitalzahlen auf seinem Wecker. Bald fünf Uhr. Um Fünf beginnt der Einsatz der Polizei.

Noch ein paar Minuten.

Noch zwei Minuten.

Er steht auf, wirft den Morgenmantel über, geht in die Küche. Gestern Abend hängte er das Bild auf, damit die Wohnung endlich vollständig ist. Zwei Männerköpfe, die sich ähneln. Angebracht im Arbeitszimmer. Einmal ich und einmal ich, wie ich wahrgenommen werde. Von meinem Vater. Das dachte er, als er das Bild geschenkt bekommen hat. Mein Vater wollte einen anderen Sohn. Einen, der souverän Verantwortung übernimmt, zupackt, eloquent ist, aber er hat einen, der zweifelt, hinterfragt, zögert, hadert. Bin ich nicht deshalb in den Krisenstab gegangen, um ihm zu zeigen, dass ich all das kann, was er von mir erwartet, um endlich von ihm akzeptiert zu werden? Eine leise Hoffnung, die mich umnebelt?

Fünf Uhr.

In diesem Moment.

Punktlandung.

Jetzt!

In diesen Sekunden beginnt die Hausdurchsuchung.

Ein Spezialkommando der Polizei wird vor der Wohnungstür des Journalisten stehen. Zehn Polizisten. Maschinenpistolen. Ausgestattet mit kugelsicheren Westen. Sie werden an die Tür hämmern. Noch bevor der Journalist oder seine Frau reagieren können, werden sie die Wohnungstür aufbrechen und mit lauten Sätzen die Wohnung stürmen. Man wird das Ehepaar auffordern, das Bett zu verlassen, sich auf den Boden zu legen, man fixiert die Hände des Mannes auf dem Rücken: Raum eins gesichert, wird einer der Polizisten jetzt vielleicht rufen, Raum zwei gesichert, tönt es möglicherweise zeitgleich aus dem Wohnzimmer. Zwei Polizisten holen die Kinder aus ihren Betten. Man sagt dem Journalisten jetzt, dass er schon seit Wochen im Visier der Ermittler steht, man von Fluchtgefahr ausgeht, man sagt ihm, dass man ihn dem Haftrichter vorführen wird, ein Ermittlungsverfahren gegen ihn läuft. Das Ehepaar wird vermutlich unter Schock stehen. Nicht bewegen, wird einer der Polizisten möglicherweise schreien. Vielleicht wird dem Journalisten in diesem Moment klar, wie genau die Behörden sein Alltagsleben längst kennen. Die Kneipen, in denen er sich mit Freunden trifft, die genauen Zeiten, die er im Supermarkt verbringt, all das weiß man, auch wann er die Wohnung verlässt, wo er hingeht, wann er zurückkommt. Er ist durchsichtig geworden. Sein Leben auf kleinen Karten visualisiert und gespeichert.

Vielleicht stimmen die Vorwürfe nicht, vielleicht gehört er keiner terroristischen Vereinigung an, vielleicht organisiert er keinen Terroranschlag, vielleicht besteht keine Fluchtgefahr: Vielleicht ist er unschuldig.

Man wird ihn in diesen Minuten abführen. Polizisten werden die Wohnung verlassen. Die Frau bleibt zurück.

Mit den Kindern. Sie wird unter Schock stehen. Sie wird wahrscheinlich jedem, der ihr in den nächsten Tagen über den Weg läuft, davon erzählen. Dieser Tag wird sich in ihr Gedächtnis einbrennen. Noch ihren Enkeln wird sie davon erzählen. Aber: Ich hatte keine andere Wahl.

Die Weite des Tiergartens mag er, diese großflächigen Wege. Ein leichtes Frösteln durchzieht seinen Körper. Unruhig hat er die letzten Nächte geschlafen. Nach zehn, fünfzehn Minuten Dauerlauf entsteht bei ihm jedes Mal das Gefühl, die Stadt verlassen zu haben. Diese Stadt ist eine Ansammlung von Häusern und Autos, von Straßen und schnellen Bewegungen, von Lärm. Der Journalist ist unschuldig und wieder auf freiem Fuß. Ich habe falsch entschieden, werde aber trotzdem weiterhin zur Sonderkommission *Komet* gehören. Die Abendsonne im Rücken beschleunigt er seine Schritte. Alles Unbehagliche erschöpfen. Durchhalten, denkt er oft, wenn er nachts aufwacht. Ist der Zweifel nicht ein gutes Korrektiv? Das überlegt er manchmal mitten in der Nacht. Das Wochenende wird nicht durchgetaktet sein, er kann es frei gestalten. Keine Abläufe, keine Konferenzen, keine Entscheidungen. Nicht darüber nachdenken, welchen Ton man am besten anschlägt, was man auf keinen Fall sagen sollte. Nur das griffbereite Handy. Er ist nicht mehr so aufgekratzt wie beim Loslaufen vor wenigen Minuten. Seine Schritte wirken leichter. Meine Funktion besteht darin, Sicherheit herzustellen. So sieht Giese mich, in dieser Funktion. Die Auseinandersetzungen mit ihm sind härter geworden. Gedanken wirbeln ihm beim Laufen durch den Kopf. Wie könnte er den Abend gestalten? Eine Cocktailbar am Potsdamer Platz wurde ihm von einem seiner Kollegen empfohlen.

Paul Jost nimmt die flotten Bewegungen des Barkeepers wahr, sieht, wie der einen Boston Shaker aus dem langen Regal nimmt, Eiswürfel hineingibt, dann verschiedene Getränke in kleinen Mengen hinzufügt. Jeweils genau abgemessen. Jetzt schüttelt der das Ganze und gießt die Flüssigkeit in Serviergläser. Dabei verzieht er keine Miene. Den zurückgebliebenen Rest im Shaker schüttelt er erneut und so lange, bis das Ganze zu Schaum geworden ist. Diesen Schaum gießt er obenauf und steckt schwarze Strohhalme hinein. Fertig sind die Cocktails. Zweimal *Mai Tai*, sagt er zu den beiden Frauen und stellt mit einer schwungvollen Bewegung die üppig gefüllten Gläser vor ihnen ab. Ein kurzes Lächeln inklusive. Paul Jost fielen die beiden Frauen bereits beim Hereinkommen auf, schon seit einiger Zeit hat er sie im Blick. Über die u-förmige Theke huschen seine Augen dann wieder zu den beiden, die seitlich von ihm, nicht weit entfernt, auf roten Barhockern Platz genommen haben und an ihren Strohhalmen ziehen. Er sitzt mit dem Rücken zur Fensterfront und bemerkt, wie hinter ihm ein Filmteam Lampen aufbaut. Im Raum ist Musik aus den neunziger Jahren zu hören. Dezente Lautstärke. Viele Titel kennt er von damals. Damals, was für ein Wort. Er blickt zur roten Wand gegenüber. Schwarz-weiß-Fotos. Filmszenen. Sein Blick huscht erneut zum Barkeeper, er beobachtet dessen flinke Handbewegungen. Über ihm gelbes Deckenlicht. Früher ging er abends oft weg. Früher, das war die Zeit vor Gesine. An Theken war es leicht, ins Gespräch zu kommen. Einfach mutig sein, denkt er und lächelt die beiden

Frauen an. Die sind aber mit ihren Getränken beschäftigt. Vor vielen Jahren war Weggehen anders. Ganz anders. Die beiden Frauen unterhalten sich. Er hört zu. Die Größere ist aus Frankreich hierhergezogen. Die Kleinere, mit dem runden Gesicht, studiert Gebärdensprache. Die Größere hört er sagen: Mein Dorf in Südfrankreich ist wie eine warme Decke, es ist angenehm, aber es erstickt einen fast. Der Barkeeper bewegt sich zu den beiden. Sie plaudern zu dritt. Aus einem Dorf nahe Paris, hört Paul Jost die Kleinere sagen. Er sieht die Bilder an der Wand gegenüber. Ihm fällt auf, wie die Größere ihre Spange aus den Haaren nimmt, die Haare fallen über die Schultern. Sie wendet sich dann mit ihrem Oberkörper dem Barkeeper zu. Aus Brasilien, sagt der zu ihr. Dann erklärt die Kleinere, wie Gebärdensprache funktioniert. Sie macht ein paar Bewegungen mit der rechten Hand. Weitere Gäste setzen sich an die Theke. Der Barkeeper bewegt sich zurück in die Mitte des Thekenzwischenraums, dreht die Musik lauter. Was die beiden Frauen reden, kann Paul Jost nun nicht mehr hören. Er bemerkt, hinter ihm beginnt ein Interview. Dreht sich zur Fensterscheibe. Große Scheinwerfer werden aufgebaut. Ein junger Mann sitzt vor einem Wasserglas und gibt ohne Umschweife Antworten: Religionen sind zu ganz unterschiedlichen Zeiten entstanden, hört er ihn ins Mikrofon sagen. Man sprach damals von Gemeinden, äußerte sich zu den Problemen des siebten Jahrhunderts nach Christus. Wenn man die Zeit damals mit heute vergleicht, ist es so, als würde man Birnen mit Äpfeln vergleichen. Die Antworten des Befragten sind ruhig und sachlich. Diese Islamisten begreifen die Differenz nicht.

Paul Jost lehnt sich zurück. Er denkt an den Aussteiger. Offenbar stieg der in Pakistan in ein Passagierflugzeug, reiste nach Ostafrika. Die Fluggesellschaft wollte zunächst seinen Reisepass überprüfen lassen, erreichte aber keine Kontaktperson beim deutschen Konsulat. So konnte dieser ungehindert nach Kenia. Am Flughafen der Hauptstadt Nairobi verschwand er dann. Die Kollegen der Polizei haben den Fall übernommen. Die Fahndungen laufen auf Hochtouren. Für ihn werden nächste Woche erst mal nur Routinearbeiten anstehen.

Der Barkeeper bewegt sich innerhalb der Thekenarme mit einer kleinen Schüssel Erdbeeren in Richtung der beiden Frauen. Er hat leichtes Spiel, kann sich in seinem Bereich einfach von einem Platz zum anderen bewegen. Dann poliert er Gläser, halbiert Früchte, steht so da, dass er mit einem leichten Drehen des Kopfes wieder Blickkontakt zu den beiden Frauen aufnehmen könnte. Paul Jost lächelt die kleinere der beiden an. Die blickt an ihm vorbei, zum Fenster, blickt nach draußen, zur Straße, zu den nächtlichen Autos. Er lächelt die Größere an, sie schaut kurz und wirft mit einer schwungvollen Bewegung ihre braunen Haare zurück.

Erneut steht der Barkeeper vor ihm, ein Grinsen umspielt seine Lippen, er fragt: Darf's noch was sein? Noch einen Whisky Sour?

Paul Jost verneint, zieht sein Smartphone hervor, öffnet das digitale Postfach und liest die Mails von Conny.

Hallo Paul, gibt es dich hier noch? In dieser virtuellen Welt weiß man ja nie. Man stellt sich so alles Mögliche vor, wer der andere sein könnte. Vielleicht hast du dir einen anderen Namen zugelegt, dachte ich heute. Aber man soll auch nicht zu viel Misstrauen mitbringen. Bei dir scheint es ja ziemlich rund zu gehen, bei der Arbeit, meine ich. Ich glaube, du bist ein attraktiver Mann. Du bist groß. Das ist gut. In diesem Forum hier sind so viele kleine Männer. Keine einfache Sache für eine Frau wie mich, die einen Meter achtzig misst.

Was schreibt man einem Menschen, den man nie gesehen hat? Das Abspulen von Lebensläufen ist keine gute Idee: geboren in, Abitur, Beruf, Umzug in eine andere Stadt. Er hat ihr kein Foto hochgeladen und jeweils nur in ein, zwei knappen Sätzen geantwortet. Mit ihr treffen? Ja? Nein? Er blickt sich um, sieht die neuen Gäste entlang der Theke. Vieles wird sich verändern, dachte er, als er auszog aus der gemeinsamen Wohnung. Er schiebt sein Glas weg. Legt zehn Euro auf die Theke, wirft einen abschließenden Blick zu den beiden Frauen. Sie reden miteinander, schauen in den Raum. Sein Blick schweift dann noch einmal über die Wände. Schwarz-weiß-Fotos. Vieles hat sich verändert. Das wird ihm in diesem Moment klar.

Er geht.

Im Kopf die schwungvolle abweisende Geste der größeren der beiden Frauen. Dunkel ist es. Regen. Er klappt seinen Schirm auf und läuft mit schnellen Schritten zum Auto, starrt in die Dunkelheit. *Happy Hour* nennt man so etwas. Gutes Wetter würde jetzt nicht passen. Der Nieselregen hört mit einem Mal auf. Vorbei, denkt er. Vorbei? Was für ein blödes Wort. Viel Zeit wird nicht mehr vergehen und dann werden mir solche Frauen einen Platz in der U-Bahn anbieten. Möchten Sie sich setzen? Bin ich schon so eine alte Tüte? Ach wissen Sie, ich stehe lieber. Freundlich und mit leichter Distanz werden sie diese Sätze sagen. Und dabei die Haare zurückwerfen.

Hallo Conny, mailt er am Samstagabend: Bin gerade am Potsdamer Platz, mit einem Bekannten. Der möchte unbedingt in die Spielbank. Wahrscheinlich werden wir dort die halbe Nacht verbringen. War da noch nie. Eigentlich stehe ich nicht auf so etwas. Einfach mal ausprobieren. Wir gehen jetzt dahin. Zu einem Pokerturnier. Man kann sich für die Europameisterschaft qualifizieren, habe ich aber nicht vor. Eher so: Mal etwas anderes sehen.

Sie antwortet umgehend.

Und er schreibt wenige Minuten später zurück: In diesem Moment beginnt das Turnier.

Zwei Stunden später mailt sie erneut: Jetzt bin ich aber neugierig geworden. Wie ist es in einer Spielbank? Habt ihr gewonnen? Kenne solche Orte nur aus Filmen, und da wirken sie eher verrucht. Ist das heute auch noch so?

Nein, kein bisschen verrucht, schreibt er zurück. Das Casino wirkt eher wie ein Sportstadion, klare Regeln, keine Asse im Ärmel, keine Pistolen, keine Dealer im Anzug. Alles super korrekt. Wir haben den dritten Platz ergattert. Von fünfzig Teilnehmern. Auf jeden Fall war es ein Abend mit Nervenkitzel. Was machst du morgen Abend?

Nicht nur das Leben verändert sich, sondern auch das Sprechen. Vergangene Sätze werden durch neue ersetzt. Wörter aus der Vergangenheit bekommen neue Bedeutungen, andere Zusammenhänge, manche verschwinden ganz. Ein neuer Lebensabschnitt ist damit verbunden, dass vertraute Sätze durch neue ersetzt werden: Schau mal auf den Plan in der Küche! Oder: Fahren wir zu deinen Eltern? In absehbarer Zeit wird er vielleicht sagen, es gab einmal Gesine, aber das ist lange her. All die Gedanken, die sich noch mit ihrem Namen verknüpfen, werden verblassen, stattdessen wird es einen anderen weiblichen Vornamen geben.

War es richtig, Conny so schnell ein Treffen vorzuschlagen? Es war so ein undefinierbares Gefühl der Zufälle. Sie ist genauso alt wie Gesine und auch in Ostberlin aufgewachsen. Aber ist sie deshalb die richtige Frau für ihn? Vielleicht hat sein Vorpreschen auch einfach damit zu tun, dass die Hektik etwas abgeflaut ist in der Behörde, er mehr Zeit hat für Privates.

Er sieht Conny hereinkommen. Schon seit einiger Zeit sitzt er in diesem Lokal, das er vorgeschlagen hat. Sie sieht sich um. Er sitzt unmittelbar vor der Wand. Er wollte unbedingt vor ihr da sein, den Tisch aussuchen, sehen, wie sie hereinkommt. Zusehen, wie Menschen einen Raum betreten, das macht er gerne. Sie bleibt stehen, sieht sich um. Abwägend. Sie scheint unschlüssig zu sein. Und für einen Moment wirkt sie so, als würde sie das Lokal am liebsten wieder verlassen. Er lächelt ihr zu. Jetzt hat sie ihn wahrgenommen. Er hat ihr kein Foto freigeschaltet, wie sollte sie ihn erkennen? Er blickt zu ihr. Sie bleibt einen Moment lang stehen, dann bewegt sie sich mit etwas vorgebeugtem Oberkörper auf den Tisch zu. Sie wirkt, als wäre es eine völlig ungewohnte Umgebung für sie. Ihr Blick huscht über die anderen Tische, den Arm über einer großen Handtasche. Was weiß er eigentlich über sie? Sie hört gerne klassische Musik, fährt morgens eine weite Strecke zum Potsdamer Platz zur Arbeit. Sitzt lange im Bus, weil sie weit im Osten der Stadt wohnt. Arbeitet im Computerbereich. Jetzt lächelt sie in seine Richtung.

Hallo, hört er sie sagen.

Hallo, antwortet er freundlich und zeigt auf den freien Stuhl.

Sie setzt sich, streicht den schwarzen Minirock glatt. Sucht einen Platz für die dunkle Tasche. Ihre weiße Bluse wirkt gestärkt, die Haare so, als wäre sie am Nachmittag noch beim Friseur gewesen. Aufrecht sitzt sie ihm gegenüber und schweigt.

Er schiebt ihr die Karte zu.

Ich dachte, wir essen zusammen.

Sie sieht ihn mit leichtem Entsetzen an.

Essen? Ihre Stimme klingt sehr hoch.

Ja, antwortet er.

Ich wollte eigentlich nur etwas trinken, sagt sie.

Es hat gedauert, bis ich dieses Lokal gefunden habe, klagt sie und klingt schlecht gelaunt. In Charlottenburg kenne ich mich nicht so gut aus, fügt sie an.

Es war so einfach, digital mit ihr zu plaudern. Man tippte einfach Buchstaben, Wörter, Sätze ein und bekam umgehend eine Antwort. Sein Blick streift ihre gebräunten Arme. Sie blickt auf die Karte und schiebt diese dann weg: Ich kann das nicht lesen, sagt sie.

Einfach die Karte umdrehen, antwortet er, dann hast du alles auf Deutsch.

Ich kann kein Französisch, fügt sie an.

Warst du beim Friseur? Fast wäre ihm dieser Satz herausgerutscht. Er räuspert sich und wartet auf ihre Antwort.

Ein Stück Kuchen, sagt sie dann.

Aus der unbefangenen Frau in der digitalen Welt ist eine leicht störrische, wortkarge Person geworden.

Vielleicht ist sie einfach nur nervös, überlegt er und ruft den Kellner. Sie bestellen Getränke.

Was hätte sie an, wäre sie nicht verabredet, überlegt er plötzlich. Wahrscheinlich Jeans und Pullover. Er weiß nicht, wieso ihm dieser Gedanke plötzlich in den Sinn kommt.

Sie stellt ihm Fragen, die so wirken, als hätte sie sich diese vorher überlegt. Er gibt kurze, manchmal flapsige Antworten. Dann kommt doch noch ein längeres Gespräch in Gang, sie erzählt von ihrem Ex-Ehemann, von der schnellen Trennung auf dem Papier und der langen emotionalen Trennung. Und als im Nebenraum jemand anfängt, Klavier zu spielen, lächelt sie und lehnt sich zurück. Vielleicht hatte ihre Reserviertheit am Anfang nur mit der ungewohnten Umgebung zu tun.

Ich war vorher noch nie in Charlottenburg, sagt sie irgendwann. Ihr Blick gleitet immer wieder über die weiße Tischdecke, über die Kerzen.

Paul Jost bemerkt den irritierten Blick des Taxifahrers. Der dreht das Radio leiser, rückt den Spiegel so, dass er die beiden auf dem Rücksitz im Blick hat. Ausgelöst hat diese Reaktion wohl ihre Frage: Wo wohnst du eigentlich?

Wahrscheinlich wirkten die beiden eben beim Einsteigen wie ein Paar, Conny hatte sich bei ihm eingehakt, als sie das Restaurant verließen. Ihre Frage hat den ersten Eindruck des Taxifahrers offenbar zerstört. Paul Jost schiebt seine Brille zurück, sie streicht mit der rechten Hand durch die Haare.

Ich glaube, wir leben in zwei völlig verschiedenen Welten, sagt sie leise.

Wieder dieser Blick des Taxifahrers im Rückspiegel. Der Blick folgt ihnen beim Aussteigen und bis zur Haustür. Erst als beide im Haus verschwinden, startet der Taxifahrer den Motor wieder.

Paul Jost liest ihre Mail. Und kann es nicht glauben. Vor etwa zwei Stunden hat sie die Wohnung verlassen. Und schon die Abschiedsmail im digitalen Postfach.

Sein Blick streift den Frühstückstisch. Lässig räumte er das Geschirr vom Tisch. Sie wollte dabei nicht helfen. Hausarbeit macht sie nicht gerne. Im Wohnzimmer ein voller Aschenbecher. Sie wollte eine rauchen, es wurden sieben. Er nimmt den Aschenbecher in die Hand, leert die Kippen in den Mülleimer. Dann öffnet er die Fenster, damit der kalte Rauch abzieht. In ihrem Weinglas findet er einen Rest Asche. Ihren Gesichtsausdruck hat er noch im Kopf, als sie sagte: Jetzt das Geschirr abwaschen? Es war einer ihrer letzten Sätze. Er freut sich über die helle, klare, frische Luft, die in den Raum strömt. Sie wollte mit ihm fernsehen. Einen Krimi. Sie interessierte sich sehr für seine Möbel. Du hast ein schönes Sofa! Wo kann man denn so ein Sofa kaufen? Und wo gibt es diese Glastische? War es richtig, sie so schnell mitzunehmen, überlegte er zwischendurch immer wieder. Er öffnete eine Flasche Wein, sie plauderten. Am Morgen stand er vor ihr auf, machte das Frühstück. Von der Küche aus hörte er, wie sie mit nackten Füßen durch den Flur schlurfte. Sie suchte das Bad. Bisschen viel Wein gestern Abend, sagte sie. Übrigens: Guten Morgen, welche Tür führt zum Bad? Etwas später kam sie in Pumps zum Frühstück. Und ihre Stimme klang so piepsig wie anfangs im Lokal. Sie setzte sich an den Tisch, streifte die Schuhe ab. Jede Zehe eine andere Nagelfarbe, fiel ihm im Tageslicht auf. Toast, sagte sie, es klang etwas abfällig. Ja, war seine Antwort, Toast.

Es gibt leider keine Bäckerei in der Nähe. Und Erdbeermarmelade, fügte sie an, wirkte schlecht gelaunt. Wie viele Männer hast du übrigens schon getroffen? Fast wäre ihm diese Frage herausgerutscht.

Man hat in dieser Onlinewelt viele Möglichkeiten. Man hat viele Möglichkeiten zu scheitern. Der Kontaktverlauf ist gelöscht. Nur zwei Sätze stehen da noch: Wir passen einfach nicht zusammen. Ich möchte lieber einen Mann, der in einer belebteren Gegend wohnt, mit Cafés, einer Bäckerei. Conny

Gerne würde er ihr antworten: Wir haben gestern Abend wirklich zu viel getrunken! Aber das geht nicht mehr.

Er legt sein Smartphone weg, entfernt drei blonde Haare vom Couchbezug. Ihm fällt ein, dass sie gestern Abend von einer Freundin erzählte, die sich auch bei diesem Forum angemeldet hat und zu ihr gesagt habe: Meinst du, du schaffst es mal, gleich am ersten Abend mitzugehen? Es gibt einfach Wörter, die wegkönnen. Man sollte sich selbst heiraten, dann hätte man weniger Ärger im Leben, hat Tilda vor wenigen Tagen zu ihm gesagt. Wer hat eigentlich behauptet, dass in den Momenten des Sterbens das Leben noch einmal wie ein Film vor den Augen abläuft? Vielleicht erinnert man dann die Sätze, die einmal wichtig waren. Er wischt mit der Hand über den Stoff der Couch, so wie man übers Smartphone wischt, wenn man etwas weghaben möchte. Am liebsten würde er mit solch einer Handbewegung all die Gedanken an sie wegwischen.

Sein Blick schwirrt durch den Raum, über die Wände, den Teppichboden hinweg. Er lehnt sich zurück. Völlig unterkühlt sein Büro. Unmöglich die Klimaanlage abzustellen. Das leise Sirren der Anlage hört er nur am Morgen. Im Laufe des Tages überhört er es, gewöhnt sich so sehr daran, dass es ihm nicht mehr auffällt. Die Temperaturen sind in der Nacht stark gesunken. Und das Ende Juli.

Er nimmt Mappen aus dem Aktenschrank, platziert sie auf dem schmalen Schreibtisch. Es gibt neue Informationen eines ausländischen Geheimdienstes. Er schlägt eine der Mappen auf. Schaut kurz auf, sein Blick gleitet über die schmalen hohen Fenster. Man kann sie nur kippen. Eine neue Spur, aber wir wissen noch zu wenig. Er wundert sich über seine Gelassenheit. Über die Routine, die sich im Laufe der letzten Wochen eingestellt hat. Fast jede Woche neue Herausforderungen. Die Lehne seines Stuhles gibt etwas nach. Es macht ihn nicht mehr nervös, die nächste Konferenz vorzubereiten. Im Gegenteil. Zwei Namen wurden bekannt gegeben. Die jungen Männer halten sich in Nordrhein-Westfalen auf. Vermutet wird: Einer der beiden hat Kontakt zur Führung eines Terrornetzwerkes. Paul Jost steht auf, öffnet den Aktenschrank, nimmt weitere Mappen mit ausgewerteten Telefonaten heraus. Er blättert, liest, prüft, ob die Namen der genannten Männer in den Protokollen auftauchen und wenn ja, in welchen Zusammenhängen. Die Gefahr ist abstrakt. Offenkundig sind die beiden polizeilich nicht bekannt. Soll man sie telefonisch überwachen lassen? Wir brauchen mehr Informationen. Zuviel Sorge auf unserer Seite ist nicht gut, hieß es gestern wieder in der Konferenz. Man sollte auch keine Angst davor haben, von einem Asteroiden erschlagen zu werden, meinte Giese beim Verlassen des Raumes, weil eine leichte Unruhe während der Konferenz entstanden war. Ein Vertreter aus dem Bundeskriminalamt hatte sich vorgestellt, er oder jemand aus seiner Familie könnte Opfer eines Anschlags werden. Giese spielte alles runter. Die Wahrscheinlichkeit, bei einem Anschlag in Europa ums Leben zu kommen, ist praktisch gleich null. Bitte keine Hysterie. Ausfindig gemacht wurden die beiden Männer vom Überwachungsprogramm des amerikanischen Geheimdienstes. Sind das die Terroristen, von denen der Aussteiger sprach?, fragte jemand in die Runde. Diskutiert wurde auch noch einmal über den Aussteiger. Fakt ist, dass der verschwunden bleibt, sich jede Spur verloren hat. In welchem Ausmaß soll man die beiden in Düsseldorf überwachen lassen?

Noch irgendwo einen Kaffee trinken? Nach Büroschluss. Ein paar Minuten Sonne. Er verlässt das Gebäude in Richtung Kirchstraße. Hier sitzt er am späten Nachmittag gerne draußen. Hohe vielblättrige Bäume nehmen das Tageslicht von den Gehsteigen. Dichtes Blätterwerk über einem, wenn man die Straße entlangläuft. Er sucht sich einen Platz, holt eine Zeitung, gegenüber ein Paar im Gespräch. Er hat Abhörmaßnahmen in Düsseldorf vorbereitet, aber noch nicht veranlasst, die entsprechenden Formulare liegen auf seinem Schreibtisch. Er sieht Wespen um Gläser schwirren. Einer der Kellner eilt herbei, stellt ein Glas mit Limonade hin, in der Hoffnung, alle Wespen werden dahin schwirren und dieses Glas umsegeln.

Es gibt noch Insekten, hört er die Frau am Nebentisch sagen.

Besonders hier, antwortet er und sieht, wie sie den Kopf abwendet.

Viele Anwälte sind auf dieser Straße unterwegs. Mit

dem Handy am Ohr. Wahrscheinlich in Gesprächen mit Mandanten. Vereinzelte Sätze kann man mithören, wenn sie vorbeilaufen: Möchte Ihre Frau mit zum Prozess kommen?

Paul Jost lehnt sich zurück, bestellt einen Kaffee.

Zwanzig Grillanzünder haben die beiden in Düsseldorf in den letzten Tagen gekauft. Kein Grund zur Panik, oder? Im Sommer kaufen viele Grillanzünder. Die Düsseldorfer Polizei wird die Nachbarn befragen und morgen im Laufe des Tages der Kommission die Aussagen vorlegen.

Eine große weiße Tasse mit Kaffee wird vor ihm abgestellt. Er bedankt sich sehr freundlich. Dann öffnet er Mails von Vera. Sein Blick streift kurz die Straße. Wie schwierig es manchmal ist, mit Menschen zu reden, die einem gegenübersitzen, wie einfach mit einem Menschen, den man nie gesehen hat. Manchmal kommt es ihm albern vor, Vera in langen Mails zu antworten.

Er klickt den Kontaktverlauf auf. Man traut sich viel mehr, wenn einem der andere nicht gegenübersitzt, erwähnte sie einmal. Lange und ausführlich hat Vera ihm über Tage hinweg geschrieben. Er sucht eine bequeme Sitzposition, schiebt seine Kaffeetasse zur Seite, beginnt zu lesen: Ich möchte wissen, wie du als Mensch bist, schrieb sie in ihrer ersten Mail. Fotos sagen wenig über Menschen aus, Schnappschüsse gar nichts. In diesem Forum gibt es so viele frisierte Profile. Nichtssagend. Ich finde, man braucht Zeit, um den anderen kennenzulernen. Ich interessiere mich für Menschen, nicht für die von ihnen existierenden Bilder. Was denkst du? Wie verbringst du dein Leben? Was machst du gerade? Wo bist du jetzt?

Ich interessiere mich für Menschen, nicht für die von ihnen existierenden Bilder, solche Sätze in ihren Mails fand er ansprechend, deshalb hat er immer wieder geantwortet.

Er klickt die nächste Mail von ihr auf: Manchmal wünsche ich mir die achtziger Jahre zurück. Die Zeit vor der Digitalisierung. Damals, als ich Landkarten auf dem Boden ausbreitete und mit dem Finger die Strecke entlangstrich, die ich zurücklegen wollte, als man Briefe mit ausgesuchten Briefmarken verschickte, die ein, zwei Tage brauchten, um anzukommen. Die Schnelligkeit von heute wächst mir manchmal über den Kopf.

Ich habe viel in die Tat umgesetzt, meinen Traum realisiert. Immer schon wollte ich gerne selbständig arbeiten. Und alles fing mit einem Werbeschild in der U2 an, der roten Linie von Ruhleben nach Pankow. Ich mietete einen Praxisraum, ein Räumchen. Schaltete eine Werbung. Inzwischen habe ich eine Praxis, zusammen mit einer Kollegin. Die letzten fünf Jahre drehte sich alles um den Beruf. Dabei ist vieles andere zu kurz gekommen in meinem Leben. Ich weiß nicht, ob du das auch kennst, man arbeitet und arbeitet – irgendwann sieht man verwundert auf seinen Kalender und denkt: Schon wieder ein Jahr vorbei!

Meine Wetter-App zeigte ein nahendes Gewitter an. Deshalb habe ich mich für Balkonien entschieden. Heute Abend. Ich sitze auf einem der farbenfrohen Stühle, unter einem hellgelben Sonnenschirm, der so hoch ist, dass auch beim Aufstehen genug Kopffreiheit vorhanden ist. In der Ecke ein Beet mit Lorbeer und anderen winterharten Pflanzen, alle verschwinden, wenn es nicht mehr warm genug ist, in einem kleinen, weiß gestrichenen Kellerraum. Für die Natur interessierte ich mich schon als Kind. Gehe abends oft in den Botanischen Garten. Nie wollte ich so werden wie die vielen Menschen um mich herum, die durch Gärten gehen und nur Grundfarben unterscheiden können. Rot. Grün. Blau. Die einen Baum von einer Blume unterscheiden können, vielleicht einen Laubbaum von einer Tanne. Man kann im Botanischen Garten durch Pflanzenwelten verschiedener Kontinente flanieren. Die Krokuswiese im Frühjahr, ein Highlight, ich stehe auf Taglilien und Fingerkraut.

Er klickt seine Antwort auf: Ich gestehe, dass auch ich zu den Menschen gehöre, die oft die Namen von Pflanzen nicht genau wissen. Ich kann Flieder von Tulpen unterscheiden … Schon wieder ein Jahr vorbei, denke ich oft an den Geburtstagen meiner Kinder, wenn ich mal wieder Schokoküsse und Luftballone gekauft und im Raum verteilt habe. Ich bin nicht so sehr ein Naturmensch, eher ein Stadtmensch, gehe gerne an Orte, die politische Geschichte erzählen.

Deine Welt kenne ich nur aus Nachrichtenbildern und Zeitungen, schrieb sie wenige Tage später. Du arbeitest in einer Behörde, man denkt sofort, der ist pünktlich, zuverlässig, sehr geübt im Umgang mit anderen Menschen. Dem Vorurteil des bequemen Mitarbeiters entsprichst du überhaupt nicht. Du bist überarbeitet, übernächtigt, sehr eingespannt, interessierst dich aber auch für die angenehmen Seiten des Lebens. Für Musik. Kunst. Beruflich scheinst du sehr pragmatisch zu sein, privat eher unorganisiert. Jetzt gehe ich ins Kino. Wie alt sind deine Kinder eigentlich? Mein Sohn ist erwachsen.

Er antwortet jetzt auf ihre letzte Mail: Nicht mehr klein, aber auch noch nicht so groß, dass sie Lust auf Szene und Mauerpark haben. Zum Glück bin ich nicht ständig überarbeitet. Ich bin nicht alleine für die schwierigen Fälle zuständig. Manchmal sind die Kollegen der Polizei oder anderer Behörden dran – und ich warte auf deren Ergebnisse.

Er fragt sie, was sie am Wochenende machen wird, schickt die Mail ab – und klappt sein Gerät zu.

Paul Jost schlendert durch den glasüberdachten Teil des Gebäudes. Deckenbeleuchtung spiegelt sich am Boden. Grünpflanzen stehen in verteilten Behältern. Die Nachbarn der beiden Männer in Düsseldorf sagen: Das sind ganz normale Leute. Manchmal hören sie sehr laut Musik. Aber so ist das eben in diesem Alter. Hinter ihm klappt eine Tür zu. Paul Jost holt sein Fahrrad, schiebt es neben sich her. Am Gebäude entlang. Einer der beiden Männer in Düsseldorf ist Elektriker. Der andere, der oft zu Besuch kommt, studierte in Bochum, wurde exmatrikuliert. Weil er zu häufig fehlte. Dieser Mann hat sich die Haare gefärbt, sagen die Nachbarn. Anscheinend wollte er sie blond färben, sie wurden rot. Warum färbt der sich die Haare?

Paul Jost steigt auf sein Fahrrad, fährt an Blumenbeeten vorbei. Über diesen Pflanzen Überwachungskameras in regelmäßigen Abständen. In Richtung Helgoländer Ufer fährt er. Stellt sein Fahrrad dann vor der Eingangstür ab. Vögel sind zu hören. Amseln und Rotkehlchen. Die meisten Vögel halten sich inzwischen in der Stadt auf, nicht mehr auf dem Land, las er kürzlich. Sind die beiden jungen Männer gefährlich? Ihm fallen die Sätze des Referenten vom Nachmittag ein: Aceton ist der Name für die organisch-chemische Verbindung Propanon. Aceton ist eine farblose Flüssigkeit und findet Verwendung als Lösungsmittel und als Ausgangsstoff für viele Synthesen der organischen Chemie. Aceton wurde 1606 zum ersten Mal durch Erhitzen hergestellt. Es war ein Vortrag über die neuesten Möglichkeiten, Bomben herzustellen, dieses Wissen könnte möglicherweise bald von Belang sein.

Er liest eine kurze SMS von Gesine und schreibt mit flinken Fingern zurück: An diesem Wochenende habe ich keine Zeit.

Dann blickt er zum Himmel. Kleine Vögel über ihm. Unterschiedliche Flugmuster. Vögel schwirren umeinander, lenken den Flug dann in eine bestimmte Himmelsrichtung. Sie fliegen auseinander und wieder zusammen, und werden in der Ferne zu schwarzen Strichen. Ein Luftballett. Er lässt sein Smartphone zurück ins Jackett gleiten. Ich wollte ein Leben, das wieder mehr Zufällen ausgesetzt ist, denkt er, als er die Eingangstür aufschließt. Dann hört er seine Schritte im Treppenhaus hallen. Eine Kiste mit CDs rückt ins Blickfeld, als er die Tür zu seiner Wohnung aufschließt, die steht noch im Flur herum. Ich bin immer noch nicht angekommen in meinem neuen Leben, er rückt sie zur Seite.

Ratlos schaut er auf das Display seines Smartphones. Er war am Samstagmittag in dem Lokal, das Vera in der Mittagspause aufsucht. Wollte sie einfach mal sehen.

Ich wollte dich einfach mal sehen, einfach so! Nur sehen, simste er ihr vor wenigen Minuten.

Und jetzt die Antwort: Und wo hast du gesessen?

Am Rand, ich hatte einen guten Blick, antwortet er umgehend.

Welche war ich denn?

Ich hatte einen guten Blick hinüber zu deinem Tisch. Du warst mit deiner Kollegin da.

Was habe ich gemacht?

Du hast zwei runde Kekse gegessen. Ein Glas Tee bestellt.

Wie sah ich denn aus?

Groß, dünn. Halblange Haare, simst er.

Die war ich nicht, antwortet Vera.

Die warst du nicht? Hast du außen gesessen, an der Straße?

Ja!

Ich auch!

Vielleicht warst du die andere, die links von mir saß?

Hat sie dir gefallen?

Na ja.

Na ja?

Die wirkte etwas vornehm, mit abwesendem Blick.

Um wieviel Uhr warst du da? Ich, kurz nach zwölf.

Ich war erst um dreizehn Uhr da!

War ich schon weg, schreibt sie zurück.

In Richtung Schloss Bellevue bewegt er sich. Gleitet in einen leichten Laufschritt. Kühl ist es. Angenehm zum Laufen. Er blickt auf seine neue große Armbanduhr, die er sich zugelegt hat. Der Blick auf die Uhr motiviert ihn, spornt an. Dichtstehende Bäume entlang des Ufers, er beschleunigt sein Tempo, Radfahrer preschen an ihm vorbei. An Boxen mit einem Spendenaufruf für Kleidung läuft er vorbei in Richtung Tiergarten. Über ihm eine blanke Sonne. Vor ihm Freiflächen. Die beiden jungen Männer in Düsseldorf werden abgehört. Rund um die Uhr. Erst zögerte er, als abgestimmt wurde, dann schloss er sich dem Vorschlag an, leitete alles in die Wege. Im ersten abgehörten Telefonat sprachen die beiden Männer über Bienen. Er bewertete das Gespräch als harmlos. Aber war das richtig? Hanke, der Kollege aus der Sonderkommission, bewertete das abgehörte Telefonat ganz anders. Die sind gefährlich, sagte er am Mittagstisch. In der Nähe des Ministeriums ist ein Tisch reserviert. Ein kleiner separater Raum mit nur diesem einen Tisch. Mittwochs geht man dahin essen. Die abgehörten Telefonate bringen uns nicht weiter, sagte Hanke dann. Aus dem Nebenraum lautes Stimmengewirr. Die Kellnerin kam mit flinken Schritten über die kleinen roten Platten gelaufen, nahm Bestellungen auf. Als sie außer Hörweite war, sagte Hanke: Diese Männer sind nicht harmlos. Es gibt Experimente zu Bienen, die der englische Geheimdienst machte. Einem Bericht der *New York Times* zufolge haben amerikanische Forscher die Insekten erfolgreich darauf abgerichtet, selbst winzige Mengen von Sprengstoff zu finden. Die Experimente sind Teil eines Forschungsprojektes. Nach Versuchen, bei denen die Insekten einen mit Sprengstoffspuren präparierten Lastwagen identifizierten, halten Wissenschaftler auch einen weiteren Einsatzbereich für möglich – zum Beispiel könnten die summenden Spürtrupps bei Straßenkontrollen in Aktion treten. Anfangs hatte man darauf gehofft, trainierte Bienen bei der Räumung von Minenfeldern einzusetzen. Anscheinend sind Bienen für Gerüche genauso empfänglich wie Hunde, wenn nicht sogar sensibler. Sie sollen explosive Chemikalien mit sehr großer Sicherheit aufspüren können. Nach einem kurzen Training interessierten sich die Honigbienen eher für Bomben als für Blumen.

Paul Jost drosselt sein Tempo, Hankes großes Gesicht vor Augen, die Hornbrille, die ernste Miene. Interessiert hat er ihm zugehört, findet aber, dass der Zeitungsbericht nicht weiterhilft. Die Frage ist, was interessiert die Männer in Düsseldorf an diesen Experimenten? Er bewegt sich im leichten Laufschritt weiter. Am Neuen See angekommen, setzt er sich auf eine Bank. Neben ihm ein Paar im vertraulichen Gespräch. Er rückt etwas zur Seite. Die Frau hat einen knallig roten Jogginganzug an und fordert den Mann auf, sich auf eine andere Bank zu setzen, um das Gespräch weiterzuführen. Wie gefährlich sind diese Männer in Düsseldorf? Er sieht, wie sich eine weiße zerzauste Wolke über die Sonne schiebt. Bei Vera hat er sich nicht mehr gemeldet. Sie haben den Kontakt beendet. Sie hatte ihm Fotos freigeschaltet. Sie gefiel ihm nicht. Nicht mein Typ, dachte er, als er die Abschiedsmail schrieb.

Er sitzt im ersten Stock, in der Nähe des Konferenzraumes, an einem kleinen Tisch. Die Kopfschmerzen vom Vortrag sind verschwunden. Die Konferenz eben zu Ende gegangen. Er legt Blätter auf den Tisch. Sortiert sie. Liest. Es sind die Lebensläufe der beiden Männer aus Düsseldorf. Soweit sie vorliegen. Giese läuft an ihm vorbei, die linke Hand in der Hosentasche. Neue Aussagen der Nachbarn wurden eben bekannt gegeben. Sie haben den Verdächtigen am Wochenende den Haustürschlüssel überlassen. Die Kellerräume würde man nicht abschließen, man habe Vertrauen. In der Konferenz eben wurde der Verdacht geäußert, dass der Mann aus Bochum die wesentliche Person sein könnte. Zwei weitere Männer würden gelegentlich auftauchen, sagten die Nachbarn. Es sind also insgesamt vier. Wie soll man die neue Situation bewerten? Die Nachbarn bleiben dabei: Das sind ganz normale junge Männer. Sie sprachen von Studenten. Die beiden, die sich hauptsächlich in der Wohnung aufhalten, sind aber keine Studenten. Die Frage, ob man weitere Überwachungsmittel einsetzt, wurde heute vertagt.

Mit einem schnellen Griff schaltet er sein Navigationsgerät an. Neben ihm sitzt eine Frau mit Sommersprossen und einer roten Handtasche. Katharina. Vorsichtig bugsiert er sein Auto aus der engen Parklücke. Sie waren spazieren. Noch mitkommen, um irgendwo etwas zu trinken?

Ich wohne nicht weit von hier, hörte er sie sagen.

Er tippt den Straßennamen ein, den sie ihm nannte, klickt auf ein Dreieck, befestigt das Gerät. Seine Augen streifen über ihr Gesicht. Dann blickt er in ein lächelndes Gesicht. Passen wir zusammen, überlegt er kurz und blickt sie länger an. Dann fährt er los. Wie soll man wissen, ob man mit einem Menschen zusammenpasst, wenn man ihn nur zwei Mal in seinem Leben getroffen hat?

Warst du dieses Jahr schon im Schwimmbad?, fragt er, während er beschleunigt und in die angezeigte Richtung lenkt.

Ich bin das ganze Jahr über braun, antwortet Katharina und lächelt so, dass man die weißen Zähne fast alle sehen kann.

Was weiß man über einen Menschen, den man aus dem Netz gefischt hat? Größe. Statur. Beruf. Freizeitinteressen. Familienstand. Dann kurze Begegnungen, freundliche Sätze. Er sieht, wie sie mit dem kleinen Finger über ihre Lippen streicht, dann ein Stofftaschentuch hervorholt und den Lippenstift auf dem Zeigefinger damit beseitigt. Liebe ist kein Zufall, diesen Satz las er auf einem Plakat an einer Litfaßsäule auf dem Weg zum Treffen vor etwa zwei Stunden. Liebe ist kein Zufall mehr? Sie diskutierten eben lange über diesen Satz. Sie zog mehrfach die Augenbrauen hoch. War es nicht immer Zufall, wem man begegnete? War es nur früher so?

Häuser aus der Gründerzeit rücken in sein Blickfeld. Dann ein Straßenschild mit der Aufschrift *Fasanenplatz*.

Überm *Manzini*, hört er sie dann sagen, ich wohne über diesem Lokal.

Sie halten Ausschau nach einem Parkplatz. Und sie hebt ihren langen Arm und zeigt mit dem rechten Zeigefinger auf ein Haus.

Da wohne ich.

Früher lief man sich zufällig über den Weg. An der Uni. Im Supermarkt. Bei Festen. Und jetzt? Man füllt Fragebogen aus, macht Kreuze, trägt Zahlen ein, verschickt Mails an Personen, die man weder sehen noch hören kann.

Er parkt das Auto ein. Dann sieht er interessiert zu, wie sie vorsichtig aussteigt und darauf achtet, dass der kurze Rock nicht hochrutscht. Er folgt ihr mit schnellen Schritten. Nimmt sie an der Hand, zieht sie vorbei an sauber geputzten Autoscheiben auf einen Gehsteig, gesäumt von weißen Sonnenschirmen.

Lass uns da etwas trinken.

Darf ich dich zu einem Glas Sekt einladen?

Gerne, antwortet sie.

Sie nehmen Platz an einem Tisch, direkt an der Straße. Ein Kellner mit langer weißer Schürze und schwarzer Fliege schwebt vorbei, hinterlässt die Karte.

Am Nebentisch wird Cappuccino serviert. Auf dem weißen Milchschaum jeweils ein mit Kakao gesiebter Stern. Wuchtige Bäume säumen die Straße. Grünblättrige Äste ragen über Gehwege. Zwei Gläser Sekt werden vor ihnen abgestellt.

Monsieur, ruft der Kellner dem Mann am Nebentisch zu. Ich bin gleich bei Ihnen.

Paul Jost rückt die beiden Gläser Sekt zurecht. Vielleicht wird es diesmal was! Hofft er. Dann sieht er, dass auf seinem Diensthandy eine SMS eingegangen ist, hastig klickt er sie auf, liest. Klickt die Information dann weg. Auf der anderen Straßenseite fallen ihm Absperrgitter auf, dahinter eine Mischtrommel. Über einen der vier Männer weiß man, dass er Polizist werden wollte, bei der Bewerbung nicht durchkam. Die beiden in der Düsseldorfer Wohnung telefonieren kaum noch. In einem abgehörten Telefonat konnte man vor wenigen Tagen einen Streit mitverfolgen. Einer sagte: Lass uns über eine falsche Adresse online einkaufen. Gestern wurde veranlasst, dass auch die Mails mitgelesen werden. Es besteht eine hohe abstrakte Gefahr. Die Auswertung der Mails wird Montagmorgen gegen zehn Uhr vorliegen. Wie gefährlich sind diese Männer?

Was weiß ich über Katharina, überlegt er, während er mit ihr anstößt. Sie hat Kunstgeschichte studiert, über Modefotografie promoviert, hat Lehraufträge in verschiedenen Städten, leider nicht in Berlin. Hier ist sie nur ab und zu mal. Aber vielleicht sollte er sich nicht so viele Gedanken über sie machen. Einfach ausprobieren, ob es mit ihr geht. Ob eine Beziehung möglich ist. Oder eine Affäre.

Sie hebt ihr Sektglas, prostet ihm zu, trinkt und schweigt einen Moment. Ihre Bewegungen beim Anheben des Glases, beim Trinken, haben etwas Elegantes. Sie gefällt ihm.

Du hast eine gute Stimme, sagt sie, außerdem sind deine Krawatten schön.

Auf den paar Metern zu ihrer Wohnung diskutieren sie darüber, ob der Zufall ganz aus dem Leben verschwinden wird. Es bleibt Zufall, wem man begegnet, auch in der digitalen Welt, flüstert sie. Nur weil ein Computer zwischen uns geschaltet war, verschwindet der Zufall nicht komplett. Sie öffnet ihre Wohnungstür. Er folgt ihr in den Flur. Bleibt stehen, betrachtet kurz die hohe Stuckdecke. Hat er nicht als Student gedacht, so eine Wohnung nicht, egal, wie mein Leben aussehen wird, aber es soll sich nicht unter solchen Decken wie bei meinen Eltern abspielen. Im Flur hängt ein großer Spiegel. Darüber ein Gedicht. Während er seine Jacke an einen Garderobenhaken hängt, liest er die ersten Verse: *Ich liebe meines Wesens Dunkelstunden, in welchen meine Sinne sich vertiefen*. Weitere Verse lauten: *In ihnen hab ich, wie in alten Briefen, mein täglich Leben schon gelebt gefunden*.

Rilke, sagt er.

Sie nickt.

Er folgt ihr in einen großen Raum. Hohe Fenster. Wenige, ausgesuchte Möbel. In der Mitte des Raumes ein runder Holztisch. Sie bittet ihn dorthin. Sie stellt Gläser auf die Mitte des Tisches, macht Musik an.

Er hört sie aufstehen. Vor ein paar Sekunden hat sie sich aus seinem Arm gewunden. Ich habe mich bei Männern nie so festgelegt, flüsterte sie eben noch. Gesine fällt ihm ein. Völlig unpassend in diesem Moment. Es ist doch alles geregelt mit ihr und den Kindern. Tilda und Theo werden jedes zweite Wochenende bei ihm verbringen.

Er hört, wie Katharina die hellen Gardinen aufzieht. Sie schlüpft in ihren Bademantel und verlässt den Raum. Als sie zurückkommt, hat sie ein weißes Handtuch um ihre kurzen dunklen Haare geschlungen.

Gehst du rüber in die Biokonditorei? Ich mache schon mal Kaffee.

Ja, antwortet er, ohne zu wissen, wo er genau hingehen soll.

Für mich ein Franzbrötchen, fügt sie an, verlässt das Zimmer.

Jetzt sitzt sie ihm in der Küche an einem Tisch mit runder glänzender Tischplatte gegenüber, ganz in elegantes Schwarz gekleidet. Sie frühstücken.

Hast du heute etwas vor?

Ja, ein wichtiges Telefonat, antwortet Katharina.

Ein wichtiges Telefonat? Heute ist Sonntag.

Du arbeitest ja auch am Wochenende, ich habe gesehen, dass du öfter dein Diensthandy nimmst und auf eine SMS antwortest. Sie lächelt.

Als er sich verabschiedet, betrachtet sie sich im Spiegel und nimmt ihr Handy in die Hand.

Schwarz ist nobel, erwähnt sie noch.

Beim Frühstück erklärte sie ihm, wieso die richtige Kleidung beim Telefonieren so wichtig sei. Bei Telefonaten werde man zwar nicht gesehen, aber es komme rüber, ob man sich wohlfühle – und ob man sich wohlfühle, das hänge davon ab, ob man passend angezogen sei. Passend zur Situation.

Er streift mit einem flüchtigen Kuss ihre Stirn und sagt: Bis bald!

Sie gibt mir eine Leichtigkeit zurück. Irgendwann huschte dieser Gedanke gestern im Laufe des Abends durch seinen Kopf. Sie erinnert ihn an die Zeit nach dem Studium. Als er noch keine Familie hatte. Als er in seiner Freizeit in den Tag hineinlebte. Die Leichtigkeit, mit der sie das Sektglas hochhob, wie sie seine Sätze aufnahm, zu Gesprächen verwob. Wie oft hat er sich während der Zeit mit Gesine diese Leichtigkeit zurückgewünscht. Unter seinen Sohlen raschelt Laub. Und das im Sommer. Auf den Gesichtern der Vorbeigehenden wechseln Licht und Schatten. Die Tische der Restaurants richtet man für die Mittagszeit her, Besteck wird aufgelegt, Blumen in Vasen gestellt. Er hört Absätze über den Gehsteig klacken. Angenehm warm ist es. Wie einfach der Wechsel von der digitalen in die reale Welt geschieht. Er hat noch immer ihre klare Stimme im Kopf, ihre Sätze, die Diskussion beim Frühstück: Wir denken immer, wir hätten alles im Griff. So ist es aber nicht. Wenn wir über unser Leben reden, fügen wir die Ereignisse so oder so zusammen, bringen nachträglich eine Logik hinein, eine Logik in etwas, was nicht logisch verlief. Wir tun nur so, als hätten wir alles im Griff. Gesine ist nicht mehr Mittelpunkt seiner Gedanken, stellt er erleichtert fest. Was macht sie gerade? Wo ist sie jetzt? Das beschäftigt ihn nicht mehr. Der Mittelpunkt seines Lebens ist jetzt ein leerer Ort.

Er zieht sein Diensthandy hervor. Liest die kurze SMS vom frühen Morgen. Ein Hinweis auf eine Meldung aus den Medien mit der Überschrift: *Die Behörden tappen weiterhin im Dunkeln*. Eine große deutsche Tageszeitung versucht, Debatten anzuzetteln über Maßnahmen der Sicherheitsbehörden. Ob Maßnahmen wie viele sichtbare Polizisten zur Beruhigung der Bevölkerung beitragen können – oder eher das Gegenteil bewirken? Jetzt heißt es für ihn durchzuhalten, den laufenden Fall zu Ende zu bringen.

Schnell schnappen die Aufzugtüren auf. Mit leichten Schritten bewegt er sich in Richtung Büro. Der raue Umgangston der letzten Wochen ist übergegangen in kollegiale Gespräche. Wir schultern die Verantwortung gemeinsam, heißt es jeden Tag. Er schließt die Tür zu seinem Büro auf. Was tun, wenn der laufende Fall in Düsseldorf abgeschlossen ist? Wie wird es dann beruflich weitergehen? Er rückt seinen Schreibtischstuhl zurecht. Zurück in den früheren Job? Oder in eine höhere Position wechseln mit noch mehr Verantwortung? Er fährt seinen Computer hoch, checkt die Mails vom Vorabend. Beantwortet einige. Dann nimmt er Mappen aus dem Tresor, stapelt sie auf seinem Schreibtisch. Macht dich deine Arbeit nicht nervös? Das hat Katharina ihn einmal gefragt. Nein, die Fahndung nach Terroristen gehört seit einigen Wochen zu meinem Leben wie das Frühstück jeden Morgen. Er steckt eine Mappe unter seinen Arm und verlässt das Büro. Seine Schritte gleiten über Teppichböden, Dielen. Die Flure haben die Form eines Schlauchs. Im Konferenzraum angekommen, nimmt er seinen Platz ein. Sortiert Blätter in der Mappe. Es wird jetzt um die Biografien der vier Männer gehen. Die Nachbarn in Düsseldorf bleiben dabei: Das sind ganz normale Männer. Es wird gleich auch um die Frage gehen, was junge Menschen motiviert, sich rekrutieren zu lassen. Wir sind uns sicher: Das Gemeinschaftsgefühl ist ein entscheidender Faktor.

Er steigt in ihren roten Golf. Lass uns mit meinem Auto dahin fahren, sagte Katharina eben noch. Sie sprach von einem Club. Mit wichtigen Leuten. Da sei sie häufiger. Ein besonderer Ort, fügte sie hinzu. Die ausgewerteten Mails brachten keine wesentlichen neuen Informationen. Etwas Freundliches und Aufgeschlossenes switcht in diesem Moment über Katharinas großflächiges Gesicht. Sie klappt die Autotür zu und startet den Motor. Souverän lenkt sie den Wagen durch kleine Straßen. Eigentlich wäre sie gerne Professorin, eigentlich dauert ihr das alles viel zu lange. Sie möchte endlich wissen, in welcher Stadt sie letztendlich ankern wird. Berlin ist nur eine Durchgangsstation. In Hamburg und Zürich hat sie Lehraufträge für die Geschichte der Fotografie. Ihr Blick umfängt sein Gesicht. Nachdenklich wirkt sie jetzt. Wer-weiß-wie-lange-das-noch-dauert. Bis ich mal Gewissheit haben werde. Hoffentlich geht das gut mit ihr, denkt er manchmal. An einer Ampel zückt sie kurz ihren Spiegel, fährt mit einem Stift die Lippen nach. Lange sprachen sie bei einem Spaziergang am Schlachtensee über ihr bisheriges Leben. Ich bin in Hamburg geboren. Dort aufgewachsen. Mein Vater arbeitet als Lehrer, auf Studentenfotos ist er mit Vollbart und langen Haaren zu sehen. Meine Mutter war nie berufstätig. Blieb zu Hause bei den Kindern. Klassische Rollenaufteilung eben, alte Bundesrepublik. Sie hob die Schulterblätter hoch, während sie redete.

Jetzt setzt sie den Blinker, biegt ab. Sie fährt rasant.

Da können nicht alle rein, es gibt eine Türkontrolle, erklärt sie.

Dann blickt sie konzentriert in den Rückspiegel. Parkt ein.

Gemeinsam laufen sie auf ein Gebäude zu. Er beobachtet ihren geschmeidigen Gang, die eleganten Armbewegungen und die Handtasche, wie sie in der Armbeuge mitwippt beim Treppensteigen. Er beobachtet sie gerne.

Hier treffen sich wichtige Leute aus der Kunst- und Modewelt, flüstert sie. Und fügt hinzu: Es gibt eine kleine Auswahl an Getränken und Essen, alles vorzüglich.

Der Türsteher tastet sie mit den Augen ab. Scannt dann die beiden hinter ihnen, die auch auf Einlass warten. Zweimal nickt er.

Paul Jost folgt Katharina in einen großen Raum mit langen Holztischen.

Finde ich gut, keine Kerzen, kein romantischer Schnickschnack. Interessante Leute. Für mich ein absolut wichtiger Ort, sagt sie, als sie sich hinsetzt und gleichzeitig Leute begrüßt.

Eine Frau kommt auf sie zu und beginnt mit Small Talk. Paul Jost hört den beiden zu. Der Raum ist voll, überall Gespräche, Winken, Begrüßungen. Berlin ist nur eine Durchgangsstation für mich, er hat noch Katharinas Sätze im Kopf. Man braucht auf jeden Fall ein großes Kontaktnetz. Freundlich wirkt Katharina in diesen kurzen Gesprächen. Vielleicht wird es mich nach Zürich verschlagen, hört er sie sagen. Ich kaufe mir meine Kleidung auch in Hamburg, erwähnt eine andere Frau, mit der sie im Gespräch ist. Katharina verlässt ihren Platz. Ihm fallen die Bücher ein, die sie ihm vorhin in ihrer Wohnung gezeigt hat. Die für ihre Doktorarbeit wichtig waren. Modefotografie von den dreißiger bis in die achtziger Jahre war das Thema. Mich hat bei meiner Arbeit interessiert, was mit diesen Oberflächen verbunden ist. Welche Ideale, welcher Zeitgeist, welche Geschichten über die Mode erzählt werden. Die durchtrainierten Frauen der dreißiger

Jahre. Die reisefreudigen, unabhängigen Damen der siebziger Jahre. Und die Supermodels der Achtziger standen im Mittelpunkt ihrer Arbeit.

Er sieht Katharina auf die kleine Theke zugehen. Er mag ihren schlendernden Gang. Die vorsichtigen Bewegungen. Es macht ihm Spaß, sich mit ihr zu unterhalten. Sie genießt jetzt die Aufmerksamkeit, die man ihr hier entgegenbringt. Lächelt in verschiedene Richtungen. Einfach ausprobieren, vernetzen. Es klang, als wäre es ihr Lebensmotto. Er sieht, wie sie von ihrem Wein trinkt. Hat sie eigentlich Zeit für eine Beziehung? Was würde sie antworten, fragte er sie jetzt. Aber hier ist es zu laut. Nicht der geeignete Ort für ein ernstes Gespräch. Ist Liebe für sie nicht einfach nur die schönste Nebensache der Welt?

Ratlos blickt er zu ihr. Katharina entschuldigt sich später dafür, dass sie so lange an der Theke im Gespräch mit einem Modemenschen war.

Kein Problem, antwortet er. Ich hatte ein langes Telefonat in dieser Zeit.

Er war aus dem Raum gegangen, um mit dem Kollegen zu telefonieren. Der fasste sich kurz: Es könnte brenzlig werden, Hinweise verdichten sich.

Ein guter Insidertipp, hört er Katharina laut sagen, er blickt noch einmal in den hohen Raum, über die weiß getünchten Wände, über die Leute auf den langen Bänken, die schmalen Tische hinweg. Wieder grüßt sie jemanden, der sich hinter ihr vorbeidrängt. Ihre Stimme klingt etwas höher als sonst, als sie anfängt, sich zu verabschieden. Und als sie endlich in Richtung Auto laufen, hört er sie sagen: Heute kann ich nicht mitkommen zu dir. Sie lächelt ihn an. Ich werde gleich noch einen Vortrag über die letzte *Fashion Week* zu Ende schreiben. Sekunden später erklärt sie ihm: einen Vortrag über die Fotos, die sie dort gemacht hat. Die auf der *Fashion Week* gezeigte Mode wird abfotografiert für Kataloge und später als Streetwear verkauft. Sie reicht ihm ein paar der Fotos rüber. Blass geschminkte Gesichter, ohne Mimik. Wie Zombies sehen einige der Frauen aus. Er kann damit nicht viel anfangen. Zu inszeniert findet er diese Frauen.

Elemente wie Cowboyhut und Schleier aus den Zusammenhängen genommen und neu kombiniert, erklärt sie ihm.

Er nickt verständnisvoll.

In diesem Moment kreuzt ein Mann mit mehreren Pfandflaschen den Weg. Katharina übersieht ihn. Am Boden liegen zerschlagene Bierflaschen. Katharina interessiert sich nur für Menschen, die ihr nahe stehen, alle anderen scheint sie aus ihrer Wahrnehmung herauszuschneiden. Der Mond sieht aus wie ein verwischter Fleck. Sie wird sich gleich mit einem schnellen Kuss verabschieden und über diese Straße mit den weißen Sonnenschirmen huschen. An ihren Schreibtisch. Sie sucht den Autoschlüssel.

Steig ein, sagt sie aufmunternd.

Paul Jost stellt sich an. Beim Salat. Erschöpft ist er. Er war bis zwanzig Uhr in der Behörde, in eine Endlosdiskussion verwickelt. Ich werde gleich drankommen, denkt er. Wunderbar. Er schnappt sich ein Tablett. Von Katharina hat er seit Tagen nichts mehr gehört.

Welchen?, fragt der junge Mann ihm gegenüber.

Den mit Thunfisch und Ei.

Den Nizza?

Genau den!

Sein Gegenüber sucht etwas. Greift nach einer großen Glasschüssel. Stellt die vor sich hin. Blickt kurz zu Paul Jost.

Paul Jost nickt und beobachtet die Handgriffe des Mannes. Suchend, langsam sind die Bewegungen. Nach allem hält er erst einmal Ausschau, nach den Salatblättern, den Zwiebeln, den Eiern. Vielleicht ist es der erste Arbeitstag, vielleicht bin ich der erste Kunde, überlegt Paul Jost. Es dauert einen Moment, bis sein Gegenüber mit einer Zange zulangt und so kleine Salatblätter in die helle Schüssel befördert. Sorgsam. Blatt für Blatt.

Das kann ja ewig dauern. Paul Jost wirft einen Blick auf sein Diensthandy. Ihm fallen Auszüge aus abgehörten Telefonaten ein. Wütende Stimmen in der Düsseldorfer Wohnung. Ein lautes Gespräch mit einer weiteren Person fand statt, deren Identität ungeklärt ist. Lange wurde eben in der Kommission darüber diskutiert.

Paul Jost versucht ein Lächeln, um sein Gegenüber aufzumuntern, dreht sich von der Theke weg. Organisieren die vier Männer in Düsseldorf einen Anschlag? Ist die Gefahr sehr konkret? Im Internet haben sie Reinigungsmittel bestellt. In einer kleinen Menge. In einer Menge, die nicht ausreichen würde, Bestandteile von Bomben damit herzustellen. Hat nicht jeder Reinigungsmittel zu Hause? In geringen oder größeren Mengen? Oder Haarfärbemittel? Und damit Wasserstoffperoxid, vielleicht sogar Aceton! Wie aufschlussreich ist unsere Überwachung? Sie könnten auch an einem Computer außerhalb ihrer Wohnung bestellen. In einem Internetcafé. Über Handys Dritter, die wir nicht abhören. Unsere Überwachung schließt nicht alle Möglichkeiten mit ein. Sie könnten Teile für den Bau von Bomben kaufen, ohne sich am Telefon darüber zu verständigen. Baumärkte ausfindig machen, über die sie nicht reden oder mailen. Wir haben keine klaren Beweise, nur viele Vermutungen.

Geduld, sagt der Mann hinter der Theke und lässt sich nicht aus der Ruhe bringen.

Eigentlich beneidenswert, diese Ruhe, überlegt Paul Jost.

Sind Sie Student?

Ja.

Vor wenigen Stunden stand die Frage im Raum, ob man die Wohnung in Düsseldorf akustisch überwachen lässt. Wir haben eigentlich keine eindeutigen Beweise. Aber was kann uns schon passieren, argumentierte Giese, im schlimmsten Fall zeigen die uns an, weil wir zu weit gegangen sind.

Möchten Sie auch Radieschen?

Mir egal, ich möchte jetzt essen, antwortet er unwirsch.

Also keine Radieschen.

Paul Jost blickt auf seine Uhr.

Wie lange dauert das noch?

Keine Antwort.

Langsam wird er nervös, tippt mit dem rechten Fuß auf und ab.

Pfeffer?, wird er dann gefragt.

Er nickt.

Etwas später fragt sein Gegenüber: Welches Dressing?

Egal, schnauzt Paul Jost ihn an, nimmt sich dann zusammen und sagt: Machen Sie irgendein Dressing drüber.

Er hat die Geduld verloren. Ärgert sich. Hat sich dann aber wieder im Griff. Diese Ruhe, diese Selbstverständlichkeit, mit der dieser Student arbeitet. Stets derselbe Tonfall.

Egal, welche Gewürze, sagt Paul Jost, Hauptsache der Salat wird mal fertig.

Wieder der suchende Blick. Dann der Griff nach einer weißen Plastikflasche. Langsam hebt der die Flasche an, schüttelt sie, kippt etwas Dressing über den Salat.

Jetzt, endlich. Nein, es fehlen noch die Kräuter. Erneut der suchende Blick. Paul Jost dreht sich weg. Morgen früh wird darüber diskutiert, ob man die Wohnung überwachen lässt. Er zieht sein Jackett aus, legt es über den rechten Arm. Nimmt Besteck. Den ganzen Tag nichts gegessen, nur Kaffee getrunken. Er blickt auf sein Diensthandy, eine SMS geht in diesem Moment ein. Das wird ihm alles zu viel, er sieht sein Gegenüber unfreundlich an. Der gibt gerade Kräuter über den Salat. Vorsichtig. Genau dosiert. Dann schneidet er Brot auf. Gleichmäßige Scheiben.

Die Überwachung der Wohnung ist bereits angeordnet. Steht in dieser SMS. Wieso hat man ihn nicht einbezogen in die Überlegungen? Wieso wurde ich nicht gefragt? Wieso entscheiden die ohne mich? Es ist doch vereinbart, dass alle wichtigen Entscheidungen im Team getroffen werden. Ich könnte dagegen sein – die Maßnahme gefährden, verzögern … Vielleicht deshalb … Gieses Position hat sich durchgesetzt: Sicherheit um jeden Preis.

Eine weiße Schüssel mit Salat wird ihm entgegengehalten. Das Körbchen mit Brot nachgereicht.

Er bedankt sich.

Das Telefon klingelt. Rangehen, überlegt er. Er läuft hin, blickt auf das Display. Es ist die Nummer von Katharina. Kurz bleibt er vorm Telefon stehen. Seine Hand schnellt zurück. Er nimmt nicht ab. Er setzt sich aufs Sofa. Tilda und Theo sind übers Wochenende da, sie sitzen im Wohnzimmer. Theo hat den Fernseher zur Seite geschoben. Am

Boden liegen seine Legosteine. Er nahm sich ein kleines Kissen von der Couch und legte es auf den Boden, sitzt darauf. Tilda hat am Tisch Platz genommen und lernt japanische Schriftzeichen. Malt sie ab.

Paul Jost geht in den Flur und bügelt weiter weiße Hemden für die kommenden Tage. Letzte Woche lief er Katharina zufällig über den Weg. In der Nähe des Konzerthauses. Das ist keine Frau für mich, schoss ihm durch den Kopf. Konzertkarten hat er abgeholt für sich und die beiden Kinder. Er war auf dem Rückweg zu seinem Auto und da sah er plötzlich: Katharina. Nicht alleine. Sie war in einem intensiven Gespräch mit einem Mann, etwas älter als sie. Hat sie sich nicht abgemeldet bei diesem Onlineforum, trifft sie weiterhin Männer? Sie konnte ihn nicht sehen. Er blickte länger hin. Ein Mann mit Oberlippenbart. Entschlossener Mund. Bassstimme. Ihr Make-up war an diesem Tag etwas zu dunkel geraten. Jedenfalls hatte er den Eindruck, als sie ihr Gesicht etwas in seine Richtung drehte.

Er nimmt das nächste Hemd aus dem Korb und beschleunigt seine Bewegungen beim Bügeln. Möchte ich noch einmal mit dieser Frau reden? Es ist doch normal, dass sie auch mit anderen Männern spricht, warum mache ich mir so viele Gedanken? Er hätte sie grüßen können, fragen, wer dieser Mann ist! Aber genauso irritierend wie der Anblick war für ihn das aufkommende Gefühl von Eifersucht. Habe ich mich in sie verliebt? Er versucht, sich abzulenken. Setzt sich kurz auf die Couch zu Theo. Theo baut ein Haus. Es ärgert ihn, dass diese Situation ihn eifersüchtig machte. Sie war fast genauso angezogen wie beim ersten Treffen mit ihm. Aber das hat nichts zu bedeuten, beruhigte er sich. Sie ist eigentlich immer sehr ähnlich angezogen. Jetzt ärgert er sich darüber, dass ihn das alles so mitnahm. Kennt sie den Typen schon länger?

Er bügelt weiter. Als alle weißen Hemden fertig sind, hängt er sie in den Schrank und läuft ins Wohnzimmer.

Theo zupft an seinem Ärmel, zeigt ihm das fast fertig gebaute Haus. Er hält es hoch und erklärt, welche Zimmer es haben wird: ein Kinderzimmer mit einem Hochbett! Das Fenster ist weit oben, damit ich vorm Einschlafen rausgucken kann. Dann ein Legoraum, ein Comiczimmer, ein Wintergarten, das Bad.

Du hast die Küche vergessen!

Ach, die Küche fehlt, sagt Theo und stellt das Legohaus auf den Boden, baut weiter.

Wenn mein Vater nicht diese Wand zwischen uns eingezogen hätte, überlegt Paul Jost, hätte ich als Kind wahrscheinlich auch viele kleine Häuser gebaut und irgendwann das Büro des Vaters übernommen.

Möchtest du später Architekt werden?

Ja, antwortet Theo ohne Zögern.

In diesem Moment klingelt das Telefon wieder.

Paul Jost geht dran.

Hallo Katharina, nuschelt er, du hast lange nichts von dir hören lassen. Er versucht, seinen Ärger beiseitezuschieben. Er hört ihr zu und beobachtet währenddessen Tilda. Tilda sitzt am Esszimmertisch, sie sortiert jetzt Fotos, die sie mit ihrem Smartphone gemacht hat. Aufnahmen in der Natur. Sie ist nicht mehr so aufmüpfig wie vor wenigen Wochen. Macht wieder ihre Hausaufgaben. Es war nur eine kurze Phase, wahrscheinlich ausgelöst vom Besuch von Daniela.

Sie sitzen zu viert im Boot, Tilda und Theo am Ruder. Katharina hat sich beruhigt. Bei ihr wurde vergangene Nacht eingebrochen. Als sie vor zwei Stunden anrief, zitterte ihre Stimme. Kann ich bei euch vorbeikommen? Zwei Halsketten geklaut, erzählte sie. Vor allem der Schreck, als sie ihre Wohnung betrat. Der Mann, mit dem er sie sah, ist ihr Professor. Es war ein berufliches Gespräch. Ein Gespräch, das sie sehr angestrengt hat. Sie sagte, sie habe ihn aus den Augenwinkeln gesehen, aber das Gespräch mit ihrem Professor sei einfach wichtiger gewesen in diesem Moment. Ungewöhnlich ernst war sie eben in seiner Wohnung. Nachdem sich die Aufregung gelegt hatte, wurde sie wortkarg. Nie hat er sie bisher so erlebt. Weder machte sie sich über die vielen Fertigsoßen in seiner Küche lustig noch über die großen Bücher im Regal: *Die Hohenzollern. Die Habsburger. Die Wittelsbacher.* Hast du die Bücher alle gelesen? Das hatte sie gefragt, als sie das erste Mal bei ihm war, sie grinste dabei. Einbrecher kommen kein zweites Mal, so versuchte er sie zu beruhigen. Eben in der Wohnung erwähnte sie noch: Die Anzahl der Wohnungseinbrüche nimmt in Berlin zu. Heute ist ein richtiger Sommertag, lass uns rausgehen, antwortete er, um sie auf andere Gedanken zu bringen. Theo stellte das Haus in die Legokiste und holte seine Turnschuhe, Tilda stand schon an der Wohnungstür, wartete.

Sie schlängelten sich mit ihren Fahrrädern zwischen weiß gedeckten Tischen auf der einen Seite und einem Biergarten auf der anderen durch. Sperrten die Räder ab und liefen zu den Ruderbooten, dann zum Holzsteg. Theo sprang zuerst in eines der bereitstehenden Boote.

Innen weiß und außen rot, ruft Tilda.

Das Ufer gesäumt von umgekippten Kisten, die als Tische dienen. Von Klappstühlen. Der Biergarten ist voll, man hört Tellerklappern. Und die wuchtigen Bäume am Ufer spiegeln sich im Wasser.

Warst du schon öfter hier?, fragt Katharina.

Mit Tilda und Theo bin ich oft da, antwortet er.

Schnell blickt er aufs Diensthandy. Er ist überzeugt davon, dass es mit den Männern in Düsseldorf stressig werden wird.

Katharina lehnt sich zurück, schlägt die Arme übereinander, genießt die zartwarme Luft. Sie gleiten über das grüne Wasser. Reden, blicken zu den Lichterketten am Ufer. Leicht gleiten sie über den See. Enten ziehen ihre Bahnen um die Boote. Es waren flüchtige Minuten des Glücks mit ihr, denkt er an diesem Tag. Waren? Wieso denkt er: waren? Wieso glitt dieser Satz eben in die Vergangenheitsform?

Paddelschläge, das ruhige Stimmengemurmel am Ufer und Katharina wieder in bester Laune.

Plötzlich fragt Tilda: Ist das deine Geliebte, Papa?

Nein, antwortet er. Katharina verbringt heute mit uns den Nachmittag.

Katharina versucht ein Gespräch mit Tilda anzufangen, diese gibt einsilbige Antworten. Theo hat sich von ihr weggedreht.

Ich werde ein neues Türschloss einbauen lassen, sagt sie und unterhält sich dann mit Paul Jost, bis es zu regnen beginnt. Regen tropft in ihre Sommergesichter, erst schwach, dann in langen Fäden. Sie steuern das Boot in Richtung Ufer, laufen auf ein Chaos von abgestellten Fahrrädern zu. Dichter Regen. Laut prasseln die Tropfen.

Sie stellen sich unter. Leute, die eben noch vergnügt sprachen, werden leiser, sind kaum noch zu hören. In New York rechnet man mit einer Wetterkatastrophe, hört er Katharina neben sich sagen.

Kein Mensch mehr auf dem See oder am Ufer zu sehen. Ein helles Zucken am Himmel. Dann Donner. Als der Regen schwächer wird, sperren sie ihre Fahrräder auf. Er legt seinen Arm um Katharina. Auf der Fahrt nach Hause schlägt sie ihm eine gemeinsame Reise nach Thailand vor, an einen Strand, den sie gut kennt, der nicht touristisch ist. Fast alles auf der Welt ist beschrieben, durchdrungen und definiert, ich mag die paar Flecken auf der Erde, die noch nicht so definiert sind, erklärt sie ihm. Tilda unterbricht Katharina, sie möchte Eis essen gehen.

Gut, sagt Katharina, ich lade euch alle zu einem Eis ein.

Die Wege. Groß. Weitläufig. An einigen Stellen liegt Abfall. Er drosselt das Tempo. Geht ein paar Schritte, nimmt dann wieder Tempo auf. Der Tiergarten ist sein Refugium. Wenigstens für eine Stunde am Tag alles hinter sich lassen. Einen anderen Rhythmus. Vor ihm erscheinen in Stein gehauene höfische Szenen. Er bewegt sich auf eine Allee zu. Er kann sich die Reiter vorstellen, die hier vor vielen Jahrzehnten häufig entlanggeritten sind. Martialische Denkmäler erinnern daran. Schnell vergisst er, was ihn vorher beschäftigte. Tagsüber, manchmal bis in die Nacht hinein. Jetzt ist er draußen, in einem anderen Raum, mit anderen Gedanken. Das gleichmäßige Tempo seiner Schritte schenkt ihm einen freien Kopf. Er läuft wieder in Richtung Neuer See. Zwei Polizisten reiten an ihm vorbei. Er genießt diese Stunde des Tages im Freien. Braucht sie, um zu vergessen: Die Stunden im Büro, die endlosen

Diskussionen in Konferenzräumen, die Mails von Gesine, das leichte Rauschen der Klimaanlage, das Telefonat mit seinem Vater vor etlichen Wochen. Was tun, wenn der laufende Fall in Düsseldorf abgeschlossen ist? Wie wird es dann beruflich mit ihm weitergehen? Das Gefühl, die Verantwortung mit anderen zu teilen, erleichtert ihn. Kurz sprach er mit Katharina bei einem Spaziergang im Tiergarten einmal sehr allgemein über seine Arbeit. Klingt spannend, meinte sie. Dann wollte sie Genaueres über die Ermittlungen wissen. Das kann ich dir nicht erzählen, erklärte er, wir haben Schweigepflicht. Er hat weniger häufig an Gesine gedacht, als er mit ihr zusammen war. Das Gedächtnis überschreibt die vorherigen Erlebnisse, erklärte Katharina ihm einmal. Frühere Erlebnisse vergesse man nicht, aber sie seien dann nicht mehr so präsent. Er kommt an einer Stelle an, die Katharina sehr gut gefallen hat, bleibt kurz stehen. Verschiedene Baumarten erzeugen durch ihre unterschiedlichen Formen und Farben den Eindruck einer Tiefe des Raumes. Du bist mir zu unverbindlich, sagte er ihr beim Abschied im *Café Einstein*.

Ein Geruch von Erde und Holz steigt in seine Nase. Er schwingt sich aufs Rad. Dämmerung. Ein Licht, das nicht mehr zum Tag gehört und noch nicht zur Nacht. Ein Zwischenlicht. Es lässt die Umgebung anders erscheinen. Zum ersten Mal spürt er Angst. Angst, einen möglichen Anschlag nicht verhindern zu können. Aber ist es nicht genau das, was diese Terroristen erreichen wollen? Angst erzeugen? Angst ist ein schlechter Ratgeber. Er versucht, klare Gedanken zu fassen. Wir tun alles, was wir tun können, was in unserer Macht steht. Aber hätte man nicht doch schneller die zur Verfügung stehenden Mittel einsetzen sollen? Hätte man nicht zuschlagen sollen in

Düsseldorf, auch wenn keine ausreichenden Beweise vorlagen, wenn die Tatabsicht nicht ermittelt war? Fast jeden Morgen wacht er mit diesen Gedanken auf. Er bremst, lehnt sein Fahrrad an eine Stange, sperrt es ab, blickt dann hoch zum Himmel. Nicht weit entfernt, irgendwo in den Hecken, zwitschern Vögel. Über ihm ein leerer Himmel. Angenehme Leere. Das Licht blass, bläulich, jetzt fliegt eine Amsel auf. Ein beliebiger Tag heute, denkt er. Ein Tag, den ich mit Hoffnungen und Sorgen fülle. Das Bild im Arbeitszimmer fällt ihm ein. Soll er es behalten? In den Keller stellen? Wegwerfen? Er läuft hinter die Wohnanlage, zur Spree. Läuft ein paar Meter an der Uferpromenade entlang. Kegel sind aufgestellt. Wahrscheinlich kommt am späteren Abend diese kleine Seniorengruppe, kegelt hier. Er beobachtet sie manchmal vom Fenster aus. Einen Moment lang stellt er sich vor, er würde das Bild auseinanderbrechen und in den Müll werfen. Sein Vater fällt ihm ein, die gemeinsamen Stunden im Schwimmbad.

In seiner Wohnung angekommen streift er die Turnschuhe von den Füßen, zieht Hausschuhe an und geht in sein Arbeitszimmer. Er nimmt das Bild von der Wand, wird es morgen beim Putzen der Wohnung in den Müll stecken, beschließt er in diesem Moment und fühlt sich gut dabei. Dann schaltet er die *Tagesschau* an, blickt nach draußen. Was hat sich heute in der Welt ereignet?, will er wissen. Er hat sich an diesen Anblick gewöhnt, an sein neues Zuhause, vermisst die Nachbarn der früheren Wohnung nicht. An die Anonymität in diesem Haus hat er sich gewöhnt. Auch an die Zahlen, die auf einigen Klingeln stehen, statt Namen. Als die *Tagesschau* zu Ende ist, bewegt er sich in den Flur seiner Wohnung, bleibt vorm Spiegel stehen, betrachtet seine grauen Haare, die blauen

Augen, den leicht herausstehenden Bauch. Angespannt sieht er aus. Überarbeitet. Übernächtigt. Ich habe es so gewollt. Ich.

Paul Jost isst noch etwas von der Suppe. Mit einem Ehepaar und einem weiteren Mann, alle hörten den Vortrag, steht er an einem hohen Tisch mit kleiner runder Platte. Darüber ein weißes Tuch. Er erinnert Sätze aus dem Vortrag eben. Filmausschnitte wurden gezeigt. Unter anderem eine Szene aus dem Film: *Spiel mir das Lied vom Tod.* Zu sehen war ein dunkel gekleideter Mann mit schwarzem Hut. Dann ein Zoom auf die Augen seines Gegenübers. Die Rückblende: Jahre vorher eine Begegnung dieser beiden Männer. Der Zoom löst sich auf in hallende Stimmen. Aus dem Mann wird ein Junge. Ein Junge mit einer Mundharmonika. Auf den Schultern dieses Jungen steht ein dritter Mann. Um dessen Hals ist eine Schlinge gelegt. Der Mann ganz in Schwarz steht, auch um einige Jahre jünger, mit im Bild. Etwas entfernt. Der Junge bricht unter der Last weg, die Mundharmonika rutscht ihm im Fallen aus dem Mund, landet im Sand. Der Mann über ihm erstickt in der Schlinge. Und der schwarz gekleidete Mann, gegenüber, der alles beobachtet hat, lacht. Lacht laut.

Paul Jost isst und versucht, sich seine Irritation nicht anmerken zu lassen. Schiebt das weiße Porzellan von sich weg. Die Frau gegenüber versucht, mit ihm ins Gespräch zu kommen.

Er möchte nicht unhöflich sein, lächelt.

Die Frau trägt ihren Schal wie andere Frauen eine Perlenkette. Als Accessoire. Sie hat eine Jeans an, elegante Schuhe. Ihr Mann im grauen Anzug, mit rosa Hemd.

Dann spricht sie mit dem Mann, der neben Paul Jost steht. Sie unterhalten sich über den Vortrag.

Das Geschirr wird weggeräumt.

Ein sehr hoher Raum, mit transparenter Decke. Man sieht helle Wolken. Alle Tische im Raum mit weißen Tüchern umspannt.

Er sieht, wie die Frau mit einer kleinen Gabel in ein Stück Avocado sticht und es im Mund verschwinden lässt. Paul Jost beobachtet das Paar. Er schweigt. Beide sind gebräunt, wahrscheinlich verbringen sie einen Teil ihres Lebens außerhalb Deutschlands.

Wieder versucht sie, ihn in ein Gespräch einzubinden.

Sind Sie häufiger in dieser politischen Stiftung?

Nein, nur heute, der Vortrag hat mit meinem Job zu tun.

Sie redet über den Teufelssee, erzählt, dass sie dort wohne. Erzählt, was sich um diesen See herum verändert hat.

Paul Jost hört genau zu.

Sein Diensthandy klingelt. Erstaunt starrt er aufs Display und entfernt sich wenige Meter vom Tisch, um ungestört reden zu können. Am anderen Ende die Stimme eines Mitarbeiters vom Verfassungsschutz. Angespannt hört er zu.

Wann fand dieses Telefonat statt, fragt er und wundert sich ein bisschen darüber, dass er so cool bleibt.

Von wo kam das Telefonat?

Mit welchem der vier Männer wurde gesprochen?

Er stellt weitere Fragen.

Die Konferenz in einer Stunde! Ich werde pünktlich da sein. Fahre gleich in die Behörde.

Er klickt das Gespräch weg, stellt sich wieder an den

Tisch. Versucht sich so zu verhalten, als wäre das eben ein ganz normales Telefonat gewesen.

Die Frau sieht ihn aufmerksam an.

Sind Sie Arzt?

Nein, etwas ganz anderes, antwortet er mit trockener Stimme. Er lächelt, damit seine weiteren Sätze freundlicher klingen.

Ihm fällt auf, dass seine Hand zittert.

Die Frau sieht ihn aufmerksam an. Sie wirkt, als würde sie jetzt gerne fragen, was ihn nervös macht, als würde sie sich aus einer Höflichkeit heraus aber nicht trauen, ihm diese Frage zu stellen.

Er meidet den Blickkontakt. Sie empfinden sich als außerhalb der Schuld, Worte des Vortragenden eben. Weil sie im Auftrag einer Organisation morden. Die Religion stiftet den höheren Zusammenhang. Körperzustände, die diese jungen Männer gemeinsam erleben, scheinen wichtig für sie zu sein. Es können ganz normale junge Männer sein, sagte der Referent eben. Dieser Satz erinnert Paul Jost an die Aussagen der Nachbarn in Düsseldorf. Es braucht nur die Situation und die Organisation, die das Morden erlaubt, sagte der Referent. Man ist aufgefordert und empfindet sich als schuldlos.

Noch einmal blickt Paul Jost in die Gesichter der drei, die um ihn herumstehen. Die Diskussion mit dem Staatssekretär vor vielen Wochen fällt ihm ein: Telefonate zwischen den jungen Männern hier und einem im Ausland lebenden Drahtzieher könnten den wesentlichen Hinweis auf eine Tatabsicht geben. Ich gehe davon aus, sagte Schrader zu einem späteren Zeitpunkt, dass es eine Verbindung gibt zwischen diesen vier Männern in Düsseldorf und der Führungsebene einer Terrororganisation außerhalb Deutschlands. Möglicherweise warten die vier auf einen Einsatzbefehl. Und wenn es uns gelingt, diese Telefonate abzuhören, werden wir hinreichende Beweise haben. Dann können wir zuschlagen.

Sie haben ja so gut wie nichts gegessen, sagt die Frau.

Ich verabschiede mich, antwortet er knapp.

Mit einer reflexhaften Bewegung greift er noch einmal an die Stelle am Jackett, wo sich sein Handy befindet.

Einen schönen Tag noch, sagt er im Weggehen.

Mit einem lauten Schlag klappt er die Autotür zu, erinnert noch einmal die ungewöhnlich scharfe Stimme des Staatssekretärs, einen markanten Satz: Zögern Sie nicht.

Er startet den Motor. Vor zwei Tagen brachte die Onlineüberwachung zum ersten Mal konkrete Ergebnisse. Vorsichtig lenkt er sein Auto aus einer schmalen Parklücke. Gibt Gas. Prescht zur nächsten Kreuzung vor. Einer der beiden in der Düsseldorfer Wohnung hat Anleitungen zum Bau von Bomben im Internet gelesen. Seit zwei Tagen weiß man das. Einige Verlaufsdateien befinden sich noch in der Auswertung. Der Mann mit den gefärbten Haaren hat sich ausführlich damit beschäftigt. Wie ausführlich, ist noch unklar. Eine konkrete Gefahr? Eine sehr konkrete Gefahr. Vor zwei Wochen wurde die Wohnung verwanzt. Die mitgehörten Gespräche brachten uns nicht weiter. Man hörte zwar Stimmen, einzelne Gespräche, konnte aber die Stimmen nicht zuordnen. Wer hat was gesagt? Gestern Abend hörte man Jubel wie bei einem Tor in der Düsseldorfer Wohnung. Als wäre in einem Fußballstadion ein Tor gegen die gegnerische Mannschaft gefallen. Vermutlich waren alle vier anwesend. Man hörte sie aufspringen, vermutlich haben sie die Arme in die

Luft geworfen, man vernahm lautes Jubelgeschrei. Dieses Jubeln war aber keine Reaktion auf ein Fußballspiel. Sondern eine Reaktion auf die Nachricht von einem Terroranschlag im Nahen Osten. Der Jubel brach los, als die Anzahl der Toten genannt wurde. Auch lautes Lachen war zu hören. Die wissen vermutlich, dass sie überwacht werden. Haben es bemerkt. Und vermutlich macht es ihnen nichts aus. Sie leben weiter wie bisher. Möglich ist ein Anschlag mit leichten Waffen, sagte Giese am Morgen. Ein Anschlag, bei dem es darum gehen könnte, möglichst viele Menschen zu töten. Jetzt ist klar: Es geht nicht mehr darum, ob man sie festnimmt. Sondern darum, wann. Die Vermutung, dass der Mann mit den gefärbten Haaren nach Nordrhein-Westfalen gereist ist, um dort eine Terrorzelle zu gründen und andere junge Männer für sein Vorhaben zu gewinnen, ist bisher nicht bestätigt. Aber die Hinweise verdichten sich.

Gezielt parkt er sein Auto am Nebeneingang der Behörde. Er bewegt sich durch den glasüberdachten Teil des Gebäudes, in Richtung Rondell, Deckenbeleuchtung spiegelt sich am Boden, alles nimmt er nur sehr flüchtig wahr, zu schnell sind seine Schritte, eilig durchquert er den Innenhof, Licht im zehnten Stock, im Lagezentrum, er wirft die Tür mit dem Bundesadler hinter sich zu, steigt in einen der Aufzüge, betritt sein Büro, lässt sich kurz auf seinen Stuhl fallen, sortiert die Protokolle. Jetzt nicht in den ersten Stock, nicht in den langen Konferenzraum, mit den schwarzen Stühlen, die etwas nachgeben, wenn man sich zurücklehnt, sondern in den zehnten Stock. Den Klang seiner Schritte auf Teppichboden im Ohr. Wir haben Beweise! Er hat genau aufgeschrieben, was ihm der Mitarbeiter vom Verfassungsschutz vor wenigen Minuten mitteilte. Er lässt sich auf einen der türkisfarbenen Stühle fallen, blickt auf die Uhrzeiten gegenüber, auf die roten Striche, dann auf die Mikrofone: graue Mikrofone auf hellbrauner Tischplatte, Neondeckenlicht, nervös blickt er wieder zur Wand gegenüber, auf die roten Digitalzahlen, die Städtenamen:

Moskau
New York
Rio de Janeiro
Kabul
Peking
Sydney

Tilda und Theo haben alles stehen und liegen lassen, als sie gingen. Paul Jost bringt Legos, Mangas und Fotos an den jeweilig richtigen Platz. Eigentlich versucht er, sich ein bisschen abzulenken und Aufräumen scheint ihm dafür die richtige Tätigkeit zu sein. Ein kurzer Blick auf die Digitalzahlen der kleinen Uhr. Zwei Stunden noch. Dann erfolgt hoffentlich die Festnahme. Ein Blick aufs Diensthandy. Alles ruhig. Er stellt eine kleine Mülltüte vor der Wohnungstür ab. Kurz bleibt er am Fenster im Wohnzimmer stehen: Fußgänger flanieren am Ufer, Boote schippern dicht gedrängt übers Wasser. Das Deck jeweils voll besetzt. Stimmen von den Bändern sind bis in seine Wohnung zu hören. Ich möchte mehr Freiraum, hat er einst zu Gesine gesagt. Aber was hat er bisher daraus gemacht? Ein lautes Motorengeräusch ist zu vernehmen. Gestern Abend, nach der Konferenz, lief er am Ufer entlang. Noch die Diskussion im Kopf. Die hektischen Vorbereitungen für den heutigen Tag. Es ist nicht strafbar, Reinigungsmittel übers Internet einzukaufen. Es ist nicht strafbar, zu jubeln, wenn woanders ein Terroranschlag passiert. Wir arbeiten präventiv, müssen die Tatabsicht ermitteln, um zuschlagen zu können. Aber ist es immer richtig, so lange zu warten, bis wir die Tatabsicht nachweisen können? Die Konferenz dauerte nicht lange, man war sich schnell einig. Nach dem Spaziergang am Abend hat er eine fast schlaflose Nacht verbracht.

Er geht rüber in sein Arbeitszimmer, räumt den Schreibtisch auf. Katharina war am Vortag noch einmal kurz da, um ihre Sachen abzuholen. Ein schnelles Glück, sagte sie beim ersten gemeinsamen Frühstück. Leute grölen am Ufer. Er blickt über die weißen Wände hinweg. Schließt das Fenster. Keine Bilder an den Wänden. Einfache weiße Flächen. In allen Zimmern der Wohnung. Schon als Kind interessierten ihn Fragen, die mit Recht und Freiheit verbunden sind. Wann haben andere das Recht, in meinen Freiheitsraum einzugreifen? Er hat sich seine persönliche Freiheit wie einen Raum vorgestellt. Wem mache ich eine Tür auf? Wem nicht? Und mit welchen Argumenten kann ich andere aus meinem Raum verbannen? Was bestimme ich, was die anderen? Und wie weit darf ein Staat gehen bei der Einschränkung von Grundrechten und somit der Einschränkung der persönlichen Freiheit von Bürgern? Ihm ist klar geworden, er vertritt oft eine Position, die er sich während seines Studiums erarbeitet hat. Eine, bei der die freiheitlichen Grundwerte geschützt werden sollen. Damals ging er theoretisch an Fragen heran. Damals diskutierte er rechtliche Fragen mit anderen Studenten, las Romane von Max Frisch und machte viel mehr Sport. Es war ein ganz anderes Lebensgefühl. Es stört Giese nicht, gegen die Grundrechte zu verstoßen, für deren Einhaltung diese Behörde eigentlich zuständig ist. Wir ermitteln nicht, wenn eine Tat passiert ist, wir ermitteln vor einer Tat, wollen potentielle Anschläge verhindern, mit diesem Satz beginnt Giese meistens seine Argumentation. Und dazu ist jedes Mittel recht. Wird Giese mit seiner Position nicht letztendlich besser der Verantwortung gerecht, die wir uns aufgebürdet haben? Außerdem hat seine Position einen ganz klaren Vorteil. Sollte ein Anschlag passieren, kann er sagen, wir haben alles getan, was in unserer Macht stand, um ihn zu verhindern. Hat man es unterlassen, Maßnahmen zu ergreifen, weil keine eindeutigen Beweise vorlagen, und dann passiert ein Anschlag, muss man sich den Vorwurf gefallen lassen, man hätte ihn verhindern können, hätte man konsequenter gehandelt. Im schlimmsten Fall muss man sich die Unterstellung gefallen lassen, dass das eigene Verhalten die Ursache für den Anschlag gewesen sein könnte. Paul Jost legt eine CD ein. Klavier. Chopin. Er dreht die Musik auf. Ist Gieses Position nicht klüger? Er hat damit gerade einen Erfolg zu verzeichnen. In Düsseldorf. Denn er war dafür, das Haus in Düsseldorf von Beamten in Zivil überwachen zu lassen, als die Gefahr noch abstrakt war. Und diese Überwachung brachte wichtige Hinweise.

Er schaltet die *Tagesschau* an.

Die Stimme der Nachrichtensprecherin hallt durch den großen Raum: Eine Spezialeinheit der Polizei hat ein Haus im Düsseldorfer Stadtteil Bilk gestürmt.

Es ist gleich die erste Nachricht.

Man sieht, wie drei junge Männer, jeweils rechts und links von einem Polizisten flankiert, aus dem Haus geführt werden. Ein Hubschrauber landet.

Die drei mutmaßlichen Terroristen werden nach Karlsruhe gebracht und dort dem Haftrichter vorgeführt. Sie hatten vor, einen mit Metallteilen versetzten Sprengsatz in einer großen Menschenmenge zu zünden. Darüber sprach einer der drei gestern in einem Telefonat mit einem Verbindungsmann al-Qaidas. Das Telefonat wurde von den Sicherheitsbehörden mitgehört. Die Festnahme unverzüglich angeordnet. Der Zugriff erfolgte heute gegen sechzehn Uhr. Zuletzt versuchten wohl zwei der Männer, Stoffe zum Zünden einer Bombe zu gewinnen. Fertiger Sprengstoff wurde entgegen erster Vermutungen nicht sichergestellt, wohl aber ein Behälter, in dem möglicherweise Sprengstoff aufbewahrt wurde. Die Bundesanwaltschaft geht davon aus, dass die Angeklagten eine Bombe mit Splitterwirkung zünden und, nach dem Eintreffen der Rettungsleute, eine zweite Bombe hochgehen lassen wollten. Die Polizei fand einen Koffer mit Metallteilen. Die jungen Männer waren schon länger im Visier der Ermittler.

Paul Jost zieht seinen Teller zu sich hin, nimmt Messer und Gabel in die Hand. Sein Blick schweift über die unterschiedlichen Farben des Raumes. Über Topfpflanzen. Giese bewegt sich, mit einem Tablett in der Hand, auf ihn zu. Setzt sich zu ihm an den Tisch. Für einen Moment verschlägt es Paul Jost die Sprache. Das hat Giese bisher nie getan. Sonst lief er gelegentlich auf den Tisch zu, an dem er saß, schwenkte dann in eine andere Richtung. Giese setzt sich ganz selbstverständlich hin. Stellt sein Tablett ab und beginnt zu essen. Paul Jost bewegt sich auf dem harten Plastikstuhl und überlegt, worüber er jetzt mit Giese reden könnte.

Zu seiner Überraschung fragt Giese: Wo werden Sie hinfahren im Urlaub?

Weiß ich noch nicht! Und Sie?

Nach Belgien, antwortet Giese.

Jetzt sitzt man sich gegenüber, ein ganz normaler Arbeitstag.

Paul Jost greift nach seinem Handy.

Giese grinst: Sie werden wahrscheinlich ein paar Tage brauchen, um sich diese Handbewegung abzugewöhnen.

Die Anstrengungen der letzten Wochen, sagt Paul Jost.

Ich weiß, antwortet Giese.

Anfangs beneidete er seinen Chef um dessen Coolheit, ungewohnt fühlte es sich lange für Paul Jost an, mit Giese auf derselben Hierarchiestufe zu arbeiten. Im Verlauf der Fahndungen fragte Paul Jost sich, ob es für ihn nicht besser gewesen wäre, in der zweiten Reihe zu bleiben? Leute wie Giese zu beraten, nicht selbst mitzuentscheiden. Aber ist sein Zweifel nicht ein gutes Korrektiv? Auch das dachte er immer wieder.

Unterhalb der Decke hängt ein Fernsehgerät, jemand macht den Ton lauter, beide schauen dorthin und wollen wissen, wie die Informationen, die an die Presse rausgingen, umgesetzt werden.

Eine Spezialeinheit der Polizei stürmte heute eine Wohnung in Bochum. Im Bad dieser Wohnung fand man eine Art Bombenlabor vor. Einen Topf, unzählige Grillanzünder, Messbecher, Trichter, Bleche. Die Bundesanwaltschaft geht davon aus, dass ein Anschlag kurz bevorstand.

Man sieht Aufnahmen der Wohnung.

Dem Hauptverdächtigen wird vorgeworfen, Mitglied in einer terroristischen Vereinigung zu sein. Die Verdächtigen schweigen zu den Vorwürfen. Der vierte Mann der

Gruppe ist nicht gefasst, es wird vermutet, dass er sich noch in Deutschland aufhält. Wahrscheinlich war er für die Logistik zuständig.

Anschließend ein Interview mit dem Leiter des Verfassungsschutzes: Die jungen Männer suchten im Internet nach Bauteilen für Bomben, wie die Onlineauswertung in den letzten Stunden ergab. Außerdem haben sie Wasserstoffperoxid, Aceton und andere Materialien beschafft. Zuletzt versuchten sie, aus Grillanzündern Hexamin zu gewinnen. Das Zünden der Bomben funktionierte nicht, weil in den Grillanzündern, die sie beschafft haben, kein Hexamin enthalten ist.

Dann wieder die Tagesschausprecherin: Über mehrere Wochen hinweg haben Vertreter deutscher Behörden die Männer beobachtet. Zentrale Person ist ein neunundzwanzigjähriger Marokkaner. Der ehemalige Maschinenbau-Student der Universität Bochum soll vor wenigen Jahren in einem Ausbildungslager gewesen sein. Als er am gestrigen Abend festgenommen wurde, bedrohte er die Polizisten. Die Hinweise auf die Terrorgruppe kamen unter anderem von einem Aussteiger, der sich im Juni bei den Sicherheitsbehörden meldete. Dieser Aussteiger ist noch auf freiem Fuß. Man vermutet ihn in Ostafrika.

Paul Jost verlässt sein Büro am frühen Abend, er läuft über die Kirchstraße nach Hause. Außentische, Holzklappstühle. Giese sagte nichts zu den Nachrichten, die man gemeinsam in der Kantine gesehen hat. Gespräche über den Aussteiger vermeidet er jetzt sowieso. Tropische Temperaturen sind für die nächsten Tage vorausgesagt. Bis Freitag soll ein Hoch Deutschland im Griff haben. Vor Waldbränden wird gewarnt. Er sieht Wespen um Gläser segeln. Sieht, wie Deckel über Tassen geschoben werden. Liest, was mit weißer Kreide auf eine Tafel geschrieben wurde. Sein Blick bleibt kurz hängen bei einer Frau, sie schlägt die Beine übereinander. Wie ein Ausschnitt aus einem Film wirkt diese Situation. Er öffnet eine SMS. Frank schrieb ihm. Er hat drei Karten besorgt für ein Konzert morgen Abend. Kommst du mit?, fragt er.

Drei Karten?

Ja, Clarissa, eine Bekannte, wird auch dabei sein.

Ich habe zwei Wochen Urlaub, simst Paul Jost zurück.

Im Zickzack liefen sie alle drei die Freitreppe des Konzerthauses hinab. Clarissa und ich, erklärte Frank, wir waren mal in Bonn in einer Schulklasse. Jetzt hat es sie nach Berlin verschlagen. Viele Jahre lebte sie in Rom, sie zieht gerade in ihre neue Wohnung. Unten an der Freitreppe des Konzerthauses angekommen, blieben sie stehen. Der Flötenspieler auf dem großen Platz vor der Treppe hörte auf zu spielen, räumte das Körbchen mit Münzen weg. Und ein fulminantes Feuerwerk begann. Fast alle, die das Konzerthaus verlassen hatten, blieben stehen. Blickten in den Himmel. Lichtpunkte blitzten kurz auf, schwebten über die Himmelsfläche und erloschen wieder. Ein großes Farbenspektrum. Noch mehr Lichtblüten flogen hoch, wirbelten über ihnen, verdichteten sich, schwebten in verschiedene Richtungen. Die Treppe leerte sich wenig später bis auf einen jungen Mann, der hochrannte, etwa in der Mitte der Treppenstufen stoppte. Zwei Rosen in der Hand. Eine hielt er wie eine Geige, die andere wie den Geigenbogen dazu. Clarissa hakte sich bei Frank und ihm ein, als sie den Gendarmenplatz verließen und in Richtung S-Bahn Friedrichstraße unterwegs waren.

Clarissa erzählte von ihrem ersten Aufenthalt in Berlin, als Schülerin. Ende der Achtziger. Paul Jost hörte interessiert zu: Angekommen am Bahnhof Zoo. Der Zug kurz vor Berlin durchsucht von Uniformierten, Schäferhunde auf den Fluren. Ich habe gedacht, sagte sie, und lachte dabei, am Bahnhof Zoo liegen überall Drogenabhängige. In der Schule hatte man als Vorbereitung auf den Berlin-Besuch *Wir Kinder vom Bahnhof Zoo* gelesen. Sie lachte erneut. Dann zählte sie auf: Am ersten Abend *Berliner Weisse Waldmeister* getrunken und ein langes Gespräch mit einem Mann, der von seiner Flucht aus dem Osten erzählte. Dann einen Tag in Ostberlin verbracht. *Unter den Linden* entlangspaziert. In einer großen Buchhandlung in einem Wälzer von Karl Marx geblättert. Abends wieder im Westen, *Berliner Weisse mit Schuss* – und in der Nacht noch mit der S-Bahn quer durch den Westen der Stadt.

Und dann?, fragte Paul Jost sie, neugierig geworden.

In den neunziger Jahren nach Berlin zum Studium. Geschichte. In der Nähe des Potsdamer Platzes gewohnt. Fast jeden Tag mit dem Fahrrad die Baustelle umrundet. Dann einige Jahre als Moderatorin gearbeitet, danach für sieben Jahre nach Rom, dort als Korrespondentin tätig. Befristeter Vertrag. Jetzt wieder Berlin.

Die Akazienstraße, das ist die Ausgehmeile Schönebergs, sagte sie, als sie sich verabschiedete und ihn einlud vorbeizukommen.

Lass uns doch mal ins Kino gehen, antwortete er flapsig.

Jetzt schlägt er die Autotür zu, schlendert über die Akazienstraße. Eine Box mit hellen Decken rückt in sein Sichtfeld. Für Gäste, die draußen sitzen wollen, auch wenn es abends kühler wird. Frühstück wird serviert. Einmal vegan, einmal mit einem Glas Sekt, sagt der Kellner, als er das Tablett auf einem Bistrotisch abstellt.

Paul Jost kramt einen kleinen Zettel mit der Hausnummer aus der Hosentasche, steckt ihn gleich wieder zurück. Das Haus ist von weitem schon zu erkennen. Kisten türmen sich auf dem Gehsteig. Meine Vormieterin, das ist so eine Urberlinerin, erklärte Clarissa.

Die Eingangstür offen. Eine Frau steht im Türrahmen, zündet sich gerade eine Zigarette an. Eine dünne Frau mit langen hellblonden Haaren. Auf der großen Scheibe neben der Tür entfernt ein Mann, mit Firmenlogo auf der Jacke, Buchstaben. Fußpflege, steht da, ohne das letzte e.

Die Frau schiebt einen kleinen weißen Porzellanaschenbecher zurecht, dabei dreht sie den Kopf zur Seite. Ihr Haargummi ist pink.

Wollen Sie zu Clarissa aus Rom? Ihre Stimme klingt ungewöhnlich tief.

Ja, antwortet er, bleibt vor der Tür stehen und sieht, wie ein zweiter Buchstabe von der Scheibe genommen wird.

Die kommt gleich, ist kurz weg, um etwas zu besorgen, hört er die Frau sagen. Dann zieht sie intensiv an ihrer Zigarette. Pustet den Rauch in kleinen weißen Wolken aus. Er sieht zu, wie sie erneut an der Zigarette zieht, sein Blick streift die vielen Kisten vorm Haus.

Soll das ein Sommer sein?, fragt sie laut.

Einen Moment lang wirkt er etwas irritiert, weiß nicht, was er antworten soll. Eine Pause entsteht, eine kurze intensive Pause. Und ein weiterer Buchstabe wird entfernt.

Vierzig Jahre, sagt sie dann. Hier gearbeitet, fügt sie an.

Er überlegt einen Moment. Was hat Clarissa ihm noch

erzählt? Das Haus wurde verkauft. Alle alten Mieter müssen raus. Im jetzigen Gewerberaum soll eine Boutique entstehen. Er blickt in diesen Raum. Ein weißes Porzellanschwein fällt ihm auf.

Das war fürs Trinkgeld, hört er die Frau sagen.

Sein Blick gleitet über ihre weiße Kittelschürze.

Ich bin in der Wohnung hinterm Gewerberaum aufgewachsen, sagt sie. Da, wo jetzt die junge Frau wohnt.

Wieder zieht sie intensiv an der Zigarette.

Fast jeden Werktag bis neunzehn Uhr gearbeitet. Sie schluckt. Ich bin ja keine Beamtentante.

Sie streicht mit der rechten Hand über die Kittelschürze. Ihr Mund bekommt etwas Bitteres. Aber sie hat sich schnell wieder im Griff.

Paul Jost beobachtet die Hand, in der sie die Zigarette hält. Die ist schmal, sehnig, die Spuren eines langen Arbeitslebens eingeschrieben. Es hat etwas Würdevolles, wenn sie die Hand hebt, um die Zigarette zum Mund zu führen.

Ich habe immer hier gelebt, hört er sie sagen. Was ist nur aus meiner Straße geworden?

Überrascht sieht er sie an.

Dann gibt sie sich selbst die Antwort: eine Fressmeile für Touristen.

Mit der linken Hand macht sie eine leere Bewegung. Als würden die Menschen nur noch Kleidung kaufen und essen wollen!

Nach einem kurzen Schweigen hört er sie sagen: Früher gab es in dieser Straße alles, was man zum Leben braucht, Lebensmittelgeschäfte, einen Fischladen, ein Obstgeschäft, einen Schuhmacher … Das ist nicht mehr mein Akazienkiez, sagt sie, ohne Verbitterung in der Stimme.

Er sieht zu, wie sie kleine weiße Wolken auspustet.

Als Kind habe ich diese Straße selten verlassen, erzählt sie ihm.

Ihr Gesicht bleibt ohne Regung, als sie die Zigarette ausdrückt. Sie hält den Aschenbecher in der linken Hand dafür parat. Er betrachtet die gemalten Augenbrauen und schweigt.

Diese Straße war meine Welt.

Da kommt Ihre Freundin, hört er sie sagen.

Clarissa läuft auf ihn zu, umarmt ihn und bittet ihn, mit in ihre neue Wohnung zu kommen.

Sie durchqueren den Gewerberaum. Fußpflegeprodukte stehen am Boden, leere Kisten daneben. Ihm fallen die abgeschürften Ellbogen der alten Frau auf, als sie sich bückt, um die Produkte in Kisten zu füllen.

Kurz dreht er sich um, blickt zur Scheibe. Alle Buchstaben sind abgenommen. Eine große leere Scheibe, die den Blick auf die Akazienstraße freigibt.

Hereinspaziert, Clarissa lacht!

Meine Vormieterin wird zu ihrem Sohn nach Brandenburg ziehen, erklärt sie dann. Mein neues Zuhause war ihre Privatwohnung.

Es riecht nach frischer Farbe. Paul Jost sieht geöffnete Farbtöpfe. Viel Weiß. Ein Bohrer liegt am Boden.

Die Küche ist fertig eingerichtet, sagt Clarissa und fordert ihn auf, sich an den langen Tisch im Raum zu setzen – sie macht eine einladende Geste, zeigt auf einen Stuhl.

Er schnappt sich den Holzstuhl, der am Fenster steht, und setzt sich damit an den dunkelbraunen Tisch. Eine große Schüssel steht darauf, darin Pampelmusen.

Clarissa zeigt auf die Pampelmusen und erläutert: Wenn man sie lange liegen lässt, dann schmecken sie nicht ganz so sauer.

Sie geht in die kleine Küche, die an den Raum anschließt – und er hört sie sagen: Hier das wichtigste Stück – die Espressomaschine. Sie gibt zwei kleine Tassen auf die entsprechende Vorrichtung und drückt eine Taste. Beschwingt stellt sie anschließend die Kaffeetassen auf den langen Tisch.

Hier ist es zum Glück nicht so heiß wie im August in Rom. Ich habe die ersten Nächte dort fast gar nicht geschlafen. Auch das Öffnen der Fenster brachte keine Kühlung. Die ersten Nächte in Berlin habe ich von Rom geträumt. Von den Wellen an einem der nahe gelegenen Strände. Von Gesichtern, die mit Taucherbrillen aus dem Wasser auftauchen und sich dem Strand nähern. In Rom verbrachte ich den August auf einer Isomatte auf dem flachen Dach. Der Hausmeister war im August nie zu sprechen, er machte am Meer Urlaub, hatte sein Handy nicht dabei. Überhaupt lebten in diesem Monat gefühlt nur Touristen und Katzen in der Stadt. Sie lacht, als sie das sagt. Der Kühlschrank funktionierte nicht, es gab kein warmes Wasser. Aber der Blick am frühen Morgen über die karminroten Dächer, über Palmen, Zypressen, einfach zauberhaft.

Wenig später öffnet sie eine Tür. Und als ihr Handy klingelt, entschuldigt sie sich und geht damit auf die Terrasse.

Es scheint Probleme mit ihren Möbeln zu geben. Sie läuft auf und ab mit dem Handy am Ohr. Er kann nicht genau hören, was sie sagt. Bluse, Rock und Turnschuhe hat sie an. Ich stehe auf praktische Kleidung, hat sie zu ihm gesagt, als sie in der S-Bahn saßen. Und: Ich stehe auf Jobs mit viel Abwechslung.

Auf der kleinen Terrasse sieht er zwei bunte Stühle, außerdem Blumentöpfe. Alles hintereinander gestapelt, sie scheint noch nicht den jeweils richtigen Platz für alles gefunden zu haben.

Das ist ja völlig nervig, sagt sie in vertraulichem Ton und setzt sich wieder an den langen Tisch.

Fast wäre ich unfreundlich geworden, fügt sie an.

Ihre Stimme klingt genauso leicht wie vor ein paar Minuten. Er wundert sich etwas darüber und lächelt.

Ich ärgere mich, hört er sie sagen. Jetzt bleiben meine Möbel das ganze Wochenende über in München.

Am Boden liegt ein Stapel Tageszeitungen.

Ich lese täglich mehrere deutsche und italienische Zeitungen. War froh, wenn wir in Rom einen Volontär hatten, der das übernahm, der die Zeitungen las und die wichtigen Artikel zusammenfasste.

Sie geht kurz in die Küche, um Milch zu holen, murmelt auf dem Rückweg: Ich vermisse es schon fast, mich täglich durch Agenturseiten zu klicken.

Er blättert in der *zitty*, die auf dem Tisch liegt.

Such doch einen Film aus fürs Wochenende, fordert sie ihn auf.

Er blättert …

Ihr Handy klingelt erneut.

Wieder geht sie auf die Terrasse.

Ach, nicht in München!

Dann dreht sie sich mit dem Rücken zu ihm.

Am Ende des Tisches liegen Fotos. Fotos mit gezackten weißen Rändern. Aus ihrer Kindheit. Sie hat ihm in der S-Bahn einige Rom-Fotos gezeigt. Clarissa bei der

Papstwahl auf dem Petersplatz. Jahre lang ganz nah an der Spanischen Treppe gewohnt, erläuterte sie und zeigte weitere Aufnahmen.

Sie beendet das Gespräch, kommt in den Raum zurück.

Die Möbel stehen noch in Rom. Es ist unklar, wie lange der Transport dauern wird.

Sie setzt sich an den Tisch.

Immerhin – schon übermorgen werde ich Internetanschluss haben. Ich hätte meine Vespa mitbringen sollen, fügt sie an. Es ist so ungewohnt für mich, mit dem Fahrrad zu fahren.

Den Film, den ich ausgesucht habe, können wir hier in Schöneberg ansehen. Dafür brauchst du weder ein Fahrrad noch deine Vespa.

Die Vespa ist ohnehin verkauft, erwähnt sie.

Als er geht, ist der Gewerberaum völlig leergeräumt. Letzte Kisten werden in einen kleinen Lkw gestemmt. Vor der Scheibe steht die alte Frau und zündet sich eine Zigarette an. Zwei Männer in Orange schlagen die Türen zu.

Es regnet, nuschelt sie mit tonloser Stimme. Mein ganzes Leben in einem kleinen Lkw!

Alles Gute, ruft er ihr zu.

Sie antwortet erst nicht. Dann sagt sie: Soll das ein Sommer sein?

Er hat ein Buch unterm Arm, eben ausgeliehen, sucht seinen Schirm. Ein Buch über Hirnforschung. Leihe ich dir aus, sagte Clarissa und drückte es ihm in die Hand. Seine Schritte werden flinker. Es geht darum, wie sich das Gehirn bei Menschen mit traumatischen Erlebnissen verändert. Probier's doch mal mit Clarissa, sagte Frank: Sie ist lockerer drauf als deine Ex-Frau, mit ihr wird dein Leben neuen Schwung bekommen.

Gut gelaunt legt er seine Aktentasche im Flur ab. Zieht das Jackett von den Schultern, gibt es auf einen Bügel und hört sein Telefon klingeln. Er geht durch die Küche ins Wohnzimmer. Es ist Gesine.

Stell dir vor, sagt sie.

Was soll ich mir vorstellen?

Stell dir vor, sagt sie noch einmal … Tildas Zimmer völlig durcheinander.

Durcheinander?

Ja, wie nach einer wilden Party!

War sie alleine zu Hause?

Ja, ich war weg. Theo bei meinen Eltern. Könntest du die Kinder nicht jedes Wochenende nehmen?

Wieso?

Tilda saß in der Küche, als ich ankam. Der Kühlschrank war leer. Scheinbar alles weggegessen.

Leer? Wer war denn noch da?

Ein Junge aus der Klasse über ihr! Du hättest mit diesem Buch noch warten können.

Welches Buch?

Das über Sexualität.

Aber sie hat es sich doch gewünscht!

Du hättest es ihr nicht schenken sollen!

Was war in ihrem Zimmer?

Ein völlig zerwuseltes Bett.

Und weiter?

Ich bin dann ins Wohnzimmer. Da saß sie auf der Couch mit diesem Jungen. Sie aßen Chips.

Um wie viel Uhr bist du denn nach Hause gekommen?

Geht dich nichts an, schnaubt sie.

Was hat Tilda gesagt, als du ins Wohnzimmer gekommen bist?

Guten Morgen, Mutti, gut geschlafen?

Und weiter?

Weiter?

Was sagte sie dann?

Ich putz mir gleich die Zähne. Kannst du die Kinder nicht jedes Wochenende nehmen?

Das geht leider nicht. Wo warst du denn?

Geht dich nichts an.

Sie legt auf.

Etwas verstört rückt er die Stühle um den Glastisch herum zurecht. Der Glastisch ist überhaupt nicht empfindlich, auch nicht zerbrechlich, wie Gesine einmal behauptete. Er ärgert sich, dass er ihn mitgenommen hat.

Vier neue Stühle stehen da. Einer für Clarissa, einer für Theo, einer für Tilda, einer für ihn. Clarissa gefällt ihm, ihre Art, sehr gelassen mit Neuigkeiten umzugehen, unabhängig davon, ob sie gut oder schlecht sind. Ihm fällt der letzte Streit mit Gesine in der gemeinsamen Wohnung ein: Ich möchte, dass die Kinder zur Jugendweihe gehen. Wir schicken dir eine Einladung. Du hast das Kleid für Tilda doch schon gekauft, antwortete er und versuchte, an etwas anderes zu denken. Ich bin so zerbrechlich, sagte Gesine. Du willst immer alles entscheiden, schnaubte er. Der Tisch ist so empfindlich, antwortete sie. Der ist nicht empfindlich, der Tisch. Du willst immer das letzte Wort haben, das ist es, giftete er Gesine an. Ich habe jetzt zwei Zimmer, hat Tilda gesagt, als sie sich zum ersten Mal in seiner neuen Wohnung an diesen Tisch setzte. Ihm fällt ein, wie er manchmal die Hände zu Fäusten ballte. Sich für einen Moment vorstellte, mit der Faust auf den Tisch zu schlagen.

Die Fenster sind geöffnet. Ruhig ist es draußen. Verstummt die Vogelgeräusche. Sein Leben ist neu eingerichtet mit seinen Möbeln, seiner Musik, seinen Büchern, seinen Ideen. Es hat neue Koordinaten. Ein Stück des Himmels kann er von seinem Platz aus sehen. Er nimmt ein paar Oliven aus dem Kühlschrank. Stellt sich ans Fenster, gabelt sie vom Teller. Einfach dieser Blick nach draußen. Wollen wir nicht lieber rausgehen und an der Spree entlangspazieren? Das hat er Tilda und Theo vergangenes Wochenende vorgeschlagen. Die wollten lieber ins Museum. Sie standen dann im Lichthof des Museums für Kommunikation. Ein gelber Roboter schlurfte durch den Raum. Theo lief ihm nach. Tilda bewegte sich in eine andere Richtung. Dann gingen sie in den Raum mit Briefkästen aus verschiedenen Jahrzehnten. Man könnte doch mal einen Film darüber machen, wie Roboter die Erde aufräumen, rief Theo. Tilda erwähnte, während sie die Briefkästen ansah, einen Mann, mit dem ihre Mutter sich treffen würde. Wann hat sie diesen Mann kennengelernt?, fragte er, ärgerlich, dass er darüber nachdachte.

Sein Blick fällt auf eine kleine Gruppe von Leuten auf der anderen Seite. Clarissa hat sie schon vor ihm bemerkt. Er ist mit ihr auf dem Weg ins Konzert. Die kleine Gruppe bewegt sich auf die Bushaltestelle zu, wo er mit Clarissa wartet. Der Zufall bestimmt doch unser Schicksal, sagte sie eben. Ganz beiläufig. Ein schlaksiger Mann läuft der Gruppe voraus. Weißes Hemd, olivgrüne Shorts. Etwa zehn Leute folgen ihm. Dieser schlaksige Mann beginnt laut zu reden: Es gibt drei Gründe, warum Wohnungslose den Nollendorfplatz bevorzugen. Erstens: genügend Rückzugsorte. Es gibt zweitens einen Supermarkt, der vierundzwanzig Stunden geöffnet hat, wo man die Pfandflaschen zurückgeben kann. Und es gibt den öffentlichen Nahverkehr. Was steht bei Menschen ohne festen Wohnsitz eigentlich im Ausweis? Das fragt ein junger Mann aus der Gruppe. Der Guide antwortet. Clarissa hört sehr aufmerksam zu. Die Gruppe entfernt sich. Clarissa interessiert sich für die Welt um sie herum. Die Leichtigkeit, mit der sie Entscheidungen trifft, bewundert er an ihr. Sie ist leger angezogen: Jeans, tailliertes Shirt. Die dunkelbraunen Haare zurückgekämmt. Eigentlich ein bisschen zu leger fürs Konzerthaus findet er. In diesem Moment geht eine SMS für sie ein. Sie dreht sich kurz weg, liest. Er hört sie lachen.

Ich werde ab Anfang September schon in Brüssel arbeiten, sagt sie.

Gestern, sie waren im Supermarkt, gestand sie ihm, dass sie ein Angebot aus Brüssel habe. Nach Brüssel, der Schwung in ihrer Stimme, als sie redete. Ich habe schon zugesagt, meinte sie dann. Er stand irritiert neben ihr, nahm gerade Tortellini aus einem Regal. Dann klingelte ihr Handy. Sie drehte sich zur Seite. Er hörte sehr interessiert zu. Ja, in dieses Café in Rom mit dem lauten Tellerklappern, dem Mosaikboden, dem jahrhundertealten Spiegel und unserem Tisch unter der Kuppel, schwärmte sie am Hörer. Und nach dem Telefonat, sie packten die Lebensmittel in Plastiktüten, gestand sie ihm, sie habe Sehnsucht, mal wieder dorthin zu gehen mit der Kollegin. Man fühle sich wie in einem fremden Jahrhundert. Sie sei häufiger in jenem Café gewesen, um dem Alltag für Momente zu entfliehen. Das Telefonieren, sagte sie dann, ist eine schlechte Angewohnheit, die ich aus Italien mitgebracht habe. Die Liebe ist schön und wichtig, und sie gehört unbedingt dazu, mit diesem Satz hatte sie das Telefonat mit der Lieblingskollegin aus Rom beendet. Brüssel, sagte er. Ach ja, Brüssel, antwortete sie. Ich habe eine Urlaubsvertretung für vier Wochen in Brüssel zugesagt. Einfach um über die Runden zu kommen. Eine Stelle in Berlin werde sie erst nächstes Jahr bekommen.

Clarissa steht neben ihm und lächelt. Der Motorenlärm verklingt für einen Moment, der Duft ihres Frauendeos steigt in seine Nase. Es riecht nach Sommer. Der Doppeldeckerbus hält in diesem Moment vor ihnen. Clarissa dreht ihr Gesicht zu ihm. Er folgt ihr die Treppen hoch. Es hat ihn Überwindung gekostet, sich auf sie einzulassen. Die lange Ehe hat er emotional noch nicht ganz hinter sich gelassen. Er mag Clarissas versöhnlichen Ton in kritischen Situationen, auch die langen intensiven Gespräche mit ihr.

Sie hält im Oberdeck nach zwei Plätzen Ausschau. Gestern saß er mit Tilda oben in einem Doppeldeckerbus. Alles in Ordnung? Sie nickte und sagte: Wir haben nur Chips gegessen. Dann griff sie mit beiden Händen in ihre langen Haare und flocht einen Zopf. Du hast dich verliebt, Papa, meinte sie dann. Man merkt das.

Clarissa sucht einen Platz aus, irgendwo mittendrin.

Ich höre anderen gerne beim Reden zu, sagt sie, als sie sich auf den Sitz am Fenster fallen lässt.

Clarissa wird in Brüssel als Korrespondentin für einen deutschen Radiosender arbeiten. Als sie den Bus verlassen, bemerken sie, dass sie sehr spät dran sind, mit schnellen Schritten laufen sie zum Konzerthaus, kommen atemlos an, suchen ihre Plätze. Die Musiker stimmen bereits die Instrumente auf der Bühne. Es gefällt ihm, dass sie sein Interesse für klassische Musik teilt.

Ich möchte mit dem Gefühl leben, alles probiert zu haben. Diesen Satz hatte er gestern im Kopf, bevor er das Kanzleramt betrat. Er kannte den großzügigen Eingangsbereich schon. Kannte die Aufzüge mit den halbrunden Türen, nahm aber die Treppe, um in den ersten Stock zu gelangen. Am Presseraum lief er vorbei, den Raum kennt jeder aus den Nachrichten. Die blaue Hintergrundfarbe. In der Realität wirkt dieser Raum viel unprätentiöser. Einen Moment lang blieb er stehen, musterte die Stuhlreihen, die Mikrofone. Dann lief er zügig in den Seitenteil, den Verwaltungsflügel, zum Gespräch. Er war nicht nervös, noch nicht einmal aufgeregt. Ein ganz normaler Tag, dachte er, als er die Tür hinter sich schloss und Platz nahm. Giese war auch anwesend. Nach dem Gespräch über seine berufliche Zukunft machte er einen kurzen Abstecher in die Ausstellung im Erdgeschoss. Die Staatsgeschenke sah er sich etwas länger an. Drei Wochen Zeit bleiben ihm für eine klare Antwort auf die Frage, ob er die ihm angebotene neue Stelle auf einer höheren Ebene haben möchte oder nicht. Ihm ist klar geworden, dass er die harte Position von Giese übernehmen müsste, um seiner Aufgabe dann gerecht zu werden. Er ist Teil eines Apparates, den er zunehmend kritischer sieht. Aber Kritik ist nicht erwünscht. Die neue Stelle übernehmen, das würde bedeuten, für die optische Überwachung im Raum Berlin zuständig zu sein. Wo sollen im öffentlichen Raum Kameras angebracht werden? Das wäre eine der Fragen, die er zu beantworten hätte.

Der Dirigent betritt den Raum. Applaus. Dann Stille. Was spricht eigentlich dagegen, dass Clarissa nach Brüssel geht? Warum nicht die Wochenenden im September in Brüssel verbringen!

Er greift nach Clarissas Hand. Die ist warm und schmiegt sich an seine. Der Dirigent hebt die Arme, seine Hände beginnen zu schwingen, greifen in den Raum. Schulterblätter rücken zusammen und wieder auseinander. Paul Jost lehnt sich zurück, hört zu, schließt die Augen. Vielleicht sollte er seinen Vater nicht mehr nach dessen Erfahrungen im Krieg fragen. In der Hoffnung, der Vater erzählt dann irgendeine Geschichte. Eine Geschichte, die ihm, dem Sohn, Aufschluss darüber gibt, wieso der Vater oft so streng, so unnachgiebig war. Du bist ja noch so klein, antwortete der Vater früher auf sein Nachfragen. Und als er größer war, entstanden lange Pausen in diesen Gesprächen. Die Hände des Vaters unruhig. Der Mund verhärtet. Und bei Paul Jost entstand das Gefühl, es gibt da eine Entfernung zwischen ihnen, die nicht zu überbrücken ist. Ich möchte die Freiheit haben, mein Leben selbst zu entwerfen, sagte er einmal zu seinem Vater. Ihm ist in den letzten Wochen aber klar geworden, dass man aus dem Netz seiner Familie nicht einfach aussteigen kann, auch nicht durch Umzug – und dass sein Vater die Skizze seines Lebens mit entworfen hat. Das Leben seines Vaters war stets die Basis für seine Lebensentscheidungen, nicht so wie der, dachte er, bevor er überlegte, wie sein Leben aussehen soll.

Das erste gemeinsame Frühstück in Brüssel. Clarissa ist kurz weg. Dauert nicht lange, sagte sie und entfernte sich mit raschen Schritten. Sie ist zu ihrem ersten Termin als Korrespondentin in Brüssel.

Eine Kellnerin in weißer Bluse fragt ihn, was er haben möchte.

Ich warte, bis meine Freundin zurück ist, wir bestellen dann!

Auf Clarissas Stuhl liegt ihre helle Sommerjacke. Er staunte gestern im Flugzeug über die Selbstverständlichkeit, mit der sie immer wieder umzieht, das Bemühen, endlich irgendwo anzukommen, scheint sie nicht zu kennen. Eine Wespe umsegelt seinen Tisch, fliegt dann zum Nebentisch. Als Korrespondentin ist man immer im Dienst, auch sonntags, meinte sie, als sie am Vorabend durch Brüssel flanierten. In ihrer ruhigen Küche, in der man nichts von dem Gewusel auf der Akazienstraße mitbekommt, redeten sie kürzlich einen ganzen Vormittag darüber, wie sie sich beide ihr Leben in Zukunft vorstellen. Sie hatte das Wirrwarr an Möbeln und Büchern in ihrer Berliner Wohnung längst geordnet. Er bekam bei diesem Gespräch eine Ahnung davon, wie es sein muss, immer wieder seine Gewohnheiten abzustreifen, etwas Neues auszuprobieren. Als sie einen Kopf Salat zerrupfte, sinnierte sie: Leben kann man nicht planen. Leben kann man nicht planen, wie oft sagte er diesen Satz zu Gesine, in diesem Moment fiel er ihm vor die Füße. Es klingelte, Clarissa hatte Gäste zum Brunch eingeladen und lief in den Flur. Sie wechselten das Thema.

Ihm fällt ein kleiner Apfelbaum am Rand des Hofes auf. Viele Gäste frühstücken. Am Nebentisch stülpt einer Gläser über die Wespen. Und immer wieder das professionelle Lächeln der Kellnerinnen. Der Rand des Hofes ist gesäumt mit kleinen Bäumen. Der Innenhof gut besucht um diese Uhrzeit am frühen Vormittag.

Die Kellnerin bringt ihm eine deutsche Tageszeitung.

Er bedankt sich und beginnt, darin zu blättern. Eine Wespe läuft über seinen Tisch, er schiebt die Zeitung zwischen seinen Körper und das Tier. Am Nebentisch wird ein zweites Wasserglas über die Insekten gestülpt.

Sie taumeln dann innerhalb der beiden Wassergläser. Ein leichtes Blätterrauschen. Erste braune Blätter liegen bereits im Hof verstreut. Ein schöner Spätsommertag, rief Clarissa eben noch. Er beginnt, einen Artikel über die Zeitumstellung zu lesen: In wenigen Wochen endet die Sommerzeit. Um drei Uhr morgens werden die Uhren dann wieder um eine Stunde auf mitteleuropäische Zeit zurückgestellt. Seit der Einführung der Sommerzeit wird regelmäßig über deren Abschaffung diskutiert.

Eine Frau läuft an ihm vorbei. Hohe Sommerschuhe. Sie ist ihm vorhin schon aufgefallen. Er lässt die Zeitung sinken. Keine Wespen mehr an seinem Tisch. Dafür wird am Nebentisch schon ein viertes Glas über eines der Tiere gestülpt.

Vorhin ist diese Frau aus einem großen schwarzen Auto gestiegen. Sie wirkt aber nicht so wie die Frauen, die aus solchen Autos steigen. Nicht schwarz gekleidet, kein Goldschmuck, keine blonden zusammengesteckten Haare. Irgendwie hat sie seine Aufmerksamkeit beansprucht, ohne dass ihm klar war, wieso. Sehr ernst wirkte sie. Sie setzt sich hin, wenige Meter von ihm entfernt. Er kann ihr ins Gesicht blicken. Sie wirkt immer noch sehr nachdenklich, schaut sich interessiert um und bestellt. Zwei Tassen Kaffee werden umgehend gebracht. Sie wartet offenbar auf jemanden.

Er liest weiter: Bei vielen Menschen bringt die Zeitumstellung den Biorhythmus durcheinander. Das führt zu mehr Autounfällen. Der menschliche Körper erfährt eine Art Jetlag. Es kann mehrere Tage und Wochen dauern, bis man sich dem neuen Hell-Dunkel-Rhythmus angepasst hat. Die Umstellung der inneren Uhr führt zu Müdigkeit, Schlafstörungen und Kopfschmerzen. Kritiker der Zeitumstellung weisen immer wieder darauf hin, die Sommerzeit solle zum Energiesparen beitragen, solche Energiespareffekte seien aber kaum nachweisbar. Mit Clarissa hat er gestern Abend über dieses Thema ausgiebig diskutiert, sie ist für die Abschaffung.

Er lässt die Zeitung sinken, blickt hinüber zu der Frau. Ein Mann läuft auf ihren Tisch zu, setzt sich dazu. Paul Jost hält einen Moment lang die Luft an. Es ist Giese! Er sitzt nun mit dem Rücken zu ihm. Nur wenige Meter entfernt. Hat ihn wohl nicht wahrgenommen. Er beobachtet die beiden. Sie lachen. Giese wirkt gut gelaunt. So verhält er sich in der Behörde nicht. Er greift nach der rechten Hand der Frau, zieht sie zu sich hin. Paul Jost liest den Artikel zu Ende, blickt ab und zu über den Zeitungsrand. Beobachtet die beiden. Erneut sind Schritte über Kies zu hören. Die Wespen am Nebentisch fliegen verstört in den umgekippten Gläsern. Er blickt auf seine Armbanduhr. Clarissa wird spätestens in zwanzig Minuten wieder da sein. Er hat seinen Koffer schon gepackt, wird am Abend nach Berlin zurückfliegen. Der letzte gemeinsame Abend mit seinem Vater fällt ihm ein. Unter der Stuckdecke. Eigentlich wollte er sich mit seinem Vater versöhnen.

Giese dreht den Kopf um, hat ihn wohl nicht wahrgenommen. Kommende Woche wird das entscheidende Gespräch stattfinden. Am Mittwoch. Giese wird anwesend sein. Der Personalchef. Ein Mitarbeiter aus dem Kanzleramt. Er greift erneut nach der Zeitung. Ist er nicht zu kritisch? Gehört er zu denen, die alles im Griff haben, wenn es darauf ankommt?

Die Frau nimmt ihre Sonnenbrille ab, lächelt Giese an. Sie macht einen sympathischen Eindruck. Giese ohne Krawatte. Kein grauer Anzug. Die beiden trinken Kaffee, werden wahrscheinlich nicht lange bleiben. Er beobachtet die Wespen unter den umgestülpten Gläsern, liest weiter. Wie würde Giese reagieren, wenn er am Mittwoch absagte? Wenn er auf seiner jetzigen Stelle bliebe? Das habe ich mir gedacht, würde er vielleicht rufen oder sich einfach abwenden. Paul Jost nimmt sein Diensthandy vom Tisch. Er hat es ständig dabei. Dieses Gerät ist schon zu einem Körperteil von dir geworden, sagte Clarissa vorhin. Nach Gieses Ansicht hat er seine Arbeit in den letzten Wochen gut gemacht.

Er sieht Giese und die Frau aufstehen. Giese legt seinen Arm um die Schulter der Frau. Sie laufen auf ihn zu. Laute Schritte über Kies. Jetzt hat Giese ihn wahrgenommen. Er blickt mit ernster Miene zu ihm. Drosselt das Lauftempo, als er auf der Höhe seines Tisches angekommen ist, er scheint überrascht zu sein, hat sich aber im Griff, dreht den Kopf kurz zu Paul Jost, sagt: Guten Tag!

Die Autorin dankt dem Berliner Senat
und dem Land Rheinland-Pfalz.

Bibliografische Information der Deutschen Nationalbibliothek
Die Deutsche Nationalbibliothek verzeichnet diese
Publikation in der Deutschen Nationalbibliografie;
detaillierte bibliografische Daten sind im Internet über
http://dnb.d-nb.de abrufbar.

www.wallstein-verlag.de
Vom Verlag gesetzt aus der Stempel Garamond
Umschlaggestaltung: Stine Wiemann
Druck und Verarbeitung: Pustet, Regensburg

ISBN 978-3-8353-3888-3